古蓝歌

湘西苗族民间传统文化丛书 [第二辑]

石寿贵◎编

中南大学出版社
WWW.CSUPRESS.COM.CN

出版说明

罗康隆

  少数民族文化是中华民族宝贵的文化遗产，是中华文化的重要组成部分，是各民族在几千年历史发展进程中创造的重要文明成果，具有丰富的内涵。搜集、整理、出版少数民族文化丛书，不仅可以为学术研究提供真实可靠的文献资料，同时对继承和发扬各民族的优秀传统文化，振奋民族精神，增强民族团结，促进各民族的发展繁荣，意义深远。随着全球化趋势的加强和现代化进程的加快，我国的文化生态发生了巨大变化，非物质文化遗产受到越来越大的冲击。一些文化遗产正在不断消失，许多传统技艺濒临消亡，大量有历史、文化价值的珍贵实物与资料遭到毁弃或流失境外。加强我国非物质文化遗产的保护已经刻不容缓。

  苗族是中华民族大家庭中较古老的民族之一，是一个历史悠久且文化内涵独特的民族，也是一个久经磨难的民族。纵观其发展历史，是一个不断迁徙与适应新环境的历史发展过程，也是一个不断改变旧生活环境、适应新生活环境的发展历程。迁徙与适应是苗族命运的历史发展主线，也是造就苗族独特传统文化与坚韧民族精神的起源。由于苗族没有自己独立的文字，其千百年来的历史和精神都是通过苗族文化得以代代相传的。苗族传统文化在发展的过程中经历的巨大的历史社会变迁，在一定程度上影响了苗族传统文化原生态保存，这也就使对苗族传统文化的抢救成了一个迫切问题。在实际情况中，其文化特色也是十分丰富生动的。一方面，苗族人民的口头文学是极其发达的，比如内容繁多的传说与民族古歌，是苗族人民世世代代的生存、奋斗、探索的总结，更是苗族人民生活的百科全书。苗族的大量民间传说也是苗族民间文学的重要组成部分，它所蕴含的理论价值体系是深深植入苗族社会的生产、生活中的。另一方面，苗族文化中的象形符号文化也是极其发达的，这些符号成功地传递了苗族文化的信息，从而形成了苗族文化体系的又一特点。苗族人民的生活实践也是苗族传统文化产生的又一来源，形成了一整套的文化生成与执行系统，使苗族人民的文化认同感和族群意识凸显。传统文化存在的意义是一种文化多元性与文化生态多样性的有机结合，对苗族文化的保护，首先就要涉及对苗族民间传统文化的保护。

《湘西苗族民间传统文化丛书》立足苗族东部方言区，从该方言区苗族民间传统文化的原生性出发，聚焦该方言区苗族的独特文化符号，忠实地记录了该方言区苗族的文化事实，着力呈现该方言区苗族的生态、生计与生命形态，揭示出该方言区苗族的生态空间、生产空间、生活空间与苗族文化的相互作用关系。

本套丛书的出版将会对湘西苗族民间传统文化艺术的抢救和保护工作提供指导，也会为民间传统文化艺术的学术理论研究提供有益的帮助，促进民间艺术传习进入学术体系，朝着高等研究体系群整合研究方向发展；其出版将会成为铸牢中华民族共同体意识的文化互鉴素材，成为我国乡村振兴在湘西地区落实的文化素材，成为人类学、民族学、社会学、民俗学等学科在湘西地区的研究素材，成为我国非物质文化遗产——苗族巴代文化遗产保护的宝库。

(作者系吉首大学历史与文化学院院长、湖南省苗学学会第四届会长)

《湘西苗族民间传统文化丛书》
编 委 会

总　序

刘昌刚

苗族是一个古老的民族，也是一个世界性的民族。据 2010 年第六次全国人口普查统计，我国苗族有 940 余万人，主要分布在贵州、湖南、云南、四川、广西、湖北、重庆、海南等省区市；国外苗族约有 300 万人，主要分布于越南、老挝、泰国、缅甸、美国、法国、澳大利亚等国家。

一

《苗族通史》导论记载：苗族，自古以来，无论是在文臣武将、史官学子的奏章、军录和史、志、考中，还是在游侠商贾、墨客骚人的纪行、见闻和辞、赋、诗里，都被当成一个神秘的"族群"，或贬或褒。在中国历史的悠悠长河中，苗族似一江春水时涨时落，如梦幻仙境时隐时现，整个苗疆，就像一本无字文书，天机不泄。在苗族人生活的大花园中，有着宛如仙境的武陵山、缙云山、梵净山、织金洞、九龙洞以及花果山水帘洞似的黄果树大瀑布等天工杰作；在苗族的民间故事里，有着极古老的蝴蝶妈妈、枫树娘娘、竹简兄弟、花莲姐妹等类似阿凡提的美丽传说；在苗族的族群里，嫡传着槃瓠(即盘瓠)后世、三苗五族、夜郎子民、楚国臣工；在苗族的习尚中，保留着八卦占卜、易经卜算、古傩祭祀、老君法令和至今仍盛行着的苗父医方、道陵巫术、三峰苗拳……在这个盛产文化精英的民族中，走出了蓝玉、沐英、王宪章等声震全国的名将，还诞生了熊希龄、滕代远、沈从文等政治家、文学家、教育家。闻一多在《伏羲考》一文中认为延维或委蛇指伏羲，是南方苗之神。远古时期居住在东南方的人统称为夷，伏羲是古代夷部落的大首领。苗族人民中确实流传着伏羲和女娲的传说，清初陆次云的《峒溪纤志》载："苗人腊祭曰报草。祭用巫，设女娲、伏羲位。"历史学家芮逸夫在《人类学集刊》上发表的《苗族洪水故事与伏羲、女娲的传说》中说："现代的人类学者经过实地考察，才得到这是苗族传说。据此，苗族全出于伏羲、女娲。他们本为兄妹，遭遇洪水，人烟断绝，仅此二人存。他们在盘古的撮合下，结为夫妇，绵延人类。"闻一多还写过《东皇太一考》，经他考证，苗族里的伏羲就是《九歌》里的东皇太一。

《中国通史》(范文澜著，人民出版社 1981 年版第 1 册第 19 页)载："黄帝族与炎帝族，又与夷族、黎族、苗族的一部分逐渐融合，形成春秋时期称为华族、汉以后称为汉族的初步基础。"远古时代就居住在中国南方的苗、黎、瑶等族，都有传说和神话，可是很少见于记载。一般说来，南方各族中的神话人物是"槃瓠"。三国时徐整作《三五历纪》吸收"槃瓠"入汉族神话，"槃瓠"衍变成开天辟地的盘古氏。

在历史上，苗族为了实现民族平等，屡战屡败，但又屡败屡战，从不屈服。苗族有着悠久、灿烂的文化，为中华文化的形成和发展做出了巨大贡献，在不同的历史阶段，涌现出了许多可歌可泣的英雄人物。

苗族不愧为中华民族中的一个伟大民族，苗族文化是苗族几千年的历史积淀，其丰厚的文化底蕴成就了今天这部灿烂辉煌的历史巨著。苗族确实是一个灾难深重的民族，却又是一个勤劳、善良、富有开拓性与创造性的伟大民族。苗族还是一个世界性的民族，不断开拓和创造着新的历史文化。

历史上公认的是，九黎之苗时期的五大发明是苗族对中国文化的原创性贡献。盛襄子在其《湖南苗史述略·三苗考》中论述道："此族(苗族)为中国之古土著民族，曾建国曰三苗。对于中国文化之贡献约有五端：发明农业，奠定中国基础，一也；神道设教，维系中国人心，二也；观察星象，开辟文化园地，三也；制作兵器，汉人用以征伐，四也；订定刑罚，以辅先王礼制，五也。"

苗族历史可以分为五个时期：先民聚落期(原始社会时期)、拓土立国期(九黎时期至公元前 223 年楚国灭亡)、苗疆分理期(公元前 223 年楚国灭亡至 1873 年咸同起义失败)、民主革命期(1873 年咸同起义失败到 1949 年中华人民共和国成立)、民族区域自治期(1949 年中华人民共和国成立至今)。相应地，苗族历史文化大致也可以分为五个时期，且各个时期具有不尽相同的文化特征：第一期以先民聚落期为界，巫山人进化成为现代智人，形成的是原始文化，即高庙文明初期；第二期以九黎、三苗、楚国为标志，属于苗族拓土立国期，形成的是以高庙文明为代表的灿烂辉煌的苗族原典文化；第三期是以苗文化为母本，充分吸收了诸夏文化，特别是儒学思想形成高庙苗族文化；第四期是苗族历史上的民主革命期(1872年咸同起义失败到1949年中华人民共和国成立)，形成了以苗族文化为母本，吸收了电学、光学、化学、哲学等基本内容的东土苗汉文化与西洋文化于一体的近现代苗族文化；第五期是苗族进入民族区域自治期(1949年中华人民共和国成立至今)，此期形成的是以苗族文化为母本，进一步融合传统文化、西方文化、当代中国先进文化的当代苗族文化。

二

苗族是我国一个古老的人口众多的民族，又是一个世界性的民族。她以其悠久的历史和深厚的文化而著称于世，传承着历史文化、民族精神。由田兵主编的《苗族古歌》，马学良、今旦译注的《苗族史诗》，龙炳文整理译注的《苗族古老话》，是苗族古代的编年史和苗族百科全书，也是苗族最主要的哲学文献。

距今7800—5300年的高庙文明所包含的不仅是一个高庙文化遗址，其同类文化遍布亚洲大陆，其中期虽在建筑、文学和科技等方面不及苏美尔文明辉煌，却比苏美尔文明早2300年，初期文明程度更高，后期又不像苏美尔文明那样中断，是世界上唯一一直绵延不断、发展至今，并最终创造出辉煌华夏文明的人类文明。在高庙文化区域的常德安乡县汤家岗遗址出土有蚩尤出生档案记录盘。

苗族人民口耳相传的"苗族古歌"记载了祖先"蝴蝶妈妈"及蚩尤的出生：蝴蝶妈妈是从枫木心中变出来的。蝴蝶妈妈一生下来就要吃鱼，鱼在哪里？鱼在继尾池。继尾古塘里，鱼儿多着呢！草帽般大的瓢虫，仓柱般粗的泥鳅，穿枋般大的鲤鱼。这里的鱼给她吃，她好喜欢。一次和水上的泡沫"游方"(恋爱)怀孕后生下了12个蛋。后经鹤字鸟(有的也写成鸡字鸟)悉心孵养，12年后，生出了雷公、龙、虎、蛇、牛和苗族的祖先姜央(一说是龙、虎、水牛、蛇、蜈蚣、雷和姜央)等12个兄弟。

《山海经·卷十五·大荒南经》中也记载了蚩尤与枫树以及蝴蝶妈妈的不解之缘："有宋山者，有赤蛇，名曰育蛇。有木生山上，名曰枫木。枫木，蚩尤所弃其桎梏，是为枫木。有人方齿虎尾，名曰祖状之尸。"姜央是苗族祖先，蝴蝶自然是苗族始祖了。

澳大利亚人类学家格迪斯说过："世界上有两个苦难深重而又顽强不屈的民族，他们就是中国的苗族和分散在世界各地的犹太民族。"诚如所言，苗族是一个灾难深重而又自强不息的民族。唯其灾难深重，才能在磨砺中锤炼筋骨，迸发出民族自强不屈的魂灵，撰写出民族文化的鸿篇巨制。近年来，随着国家民族政策的逐步完善，对寄寓在民族学大范畴下的民族历史文化研究逐步深入，苗族作为我国少数民族百花园中的重要一支，其悠远、丰厚的历史足迹与文化遗址逐渐为世人所知。

苗族口耳相传的古歌记载，苗族祖先曾经以树叶为衣、以岩洞或树巢为家、以女性为首领。从当前一些苗族地区的亲属称谓制度中，也可以看出苗族从母权制到父权制、从血缘婚到对偶婚的演变痕迹。诸如此类的种种佐证材料，无不证明着苗族的悠远历史。苗族祖先凭借优越的地理条件，辛勤开拓，先后发明了冶金术和刑罚，他们团结征伐，雄踞东方，强大的部落联盟在史书上被冠以"九黎"之称。苗族历史上闪耀夺目的九黎部落首领是战神蚩尤，他依靠坚兵利甲，纵横南北，威震天下。但是，蚩尤与同时代的炎黄部落逐鹿中原时战败，从此开启了漫长的迁徙逆旅。

总体来看，苗族的迁徙经历了从南到北、从北到南、从东到西、从大江大河到小江小河，乃至栖居于深山老林的迁徙轨迹。五千年前，战败的蚩尤部落大部分南渡黄河，聚集江淮，留下先祖渡"浑水河"的传说。这一支经过休养生息的苗族先人汇聚江淮，披荆斩棘，很快就一扫先祖战败的屈辱和阴霾，组建了强大的三苗集团。然而，历史的车轮总是周而复始的，他们最终还是不敌中原部落的左右夹攻，他们中的一部分到达西北并随即南下，进入川、滇、黔边区。三苗主干则被流放崇山，进入鄱阳湖、洞庭湖腹地，秦汉以来不属王化的南蛮主支蔚然成势。夏商春秋战国乃至秦汉以降的历代正史典籍，充斥着云、贵、湘地南蛮不服王化的"斑斑劣迹"。这群发端于蚩尤的苗族后裔，作为中国少数民族的重要代表，深入武陵山脉心脏，抱团行进，男耕女织，互为凭借，势力强大，他们被封建统治阶级称为武陵蛮。据史料记载，东汉以来对武陵蛮的刀兵相加不可胜数，双方各有死伤。自晋至明，苗族在湖北、河南、陕西、云南、江西、湖南、广西、贵州等地辗转往复，与封建统治者进行了长期艰苦卓绝的不屈斗争。清朝及民国，苗族驻扎在云南的一支因战火而大量迁徙至滇西边境和东南亚诸国，进而散发至欧洲、北美、澳大利亚。

苗族遂成为一个世界性的民族！

三

苗族同胞在与封建统治者长期的争夺征战中，不断被压缩生存空间，又不断拓展生存空间，从而形成了其民族极为独特的迁徙文化现象。苗族历史上没有文字，却保存有大量的神话传说，他们有感于迁徙繁衍途中的沧桑征程，对天地宇宙产生了原始朴素的哲理认知。每迁徙一地，他们都结合当地实际，丰富、完善本民族文化内涵，从而形成了系列以"蝴蝶""盘瓠""水牛""枫树"为表象的原始图腾文化。苗族虽然没有文字，却有丰富的口传文化，这些口传文化经后人整理，散见于贵州、湖南等地流传的《苗族古歌》《苗族古老话》《苗族史诗》等典籍，它们承载着苗族后人对祖先口耳相传的族源、英雄、历史、文化的再现使命。

苗族迁徙的历程是艰辛、苦难的，迁徙途中的光怪陆离却是迷人的。他们善于从迁徙途中寻求生命意义，又从苦难中构建人伦规范，他们赋予迁徙以非同一般的意义。他们充分利用身体、语言、穿戴、图画、建筑等媒介，表达对天地宇宙的认识、对生命意义的理解、对人伦道德的阐述、对生活艺术的想象。于是，基于迁徙现象而产生的苗族文化便变得异常丰富。苗族将天地宇宙挑绣在服饰上，得出了天圆地方的朴素见解；将历史文化唱进歌声里，延续了民族文化一以贯之的坚韧品性；将跋涉足迹画在了岩壁上，应对苦难能始终奋勇不屈。其丰富的内涵、奇特的形式、隐忍的表达，成为这个民族独特的魅力，成为这个民族极具异禀的审美旨趣。从这个层面扩而大之，苗族的历史文化，便具备了一种神秘文化的潜在魅力与内涵支撑。苗族神秘文化最为典型的表现是巴代文化现象。从隐藏的文化内涵因子分析来看，巴代文化实则是苗族生存发展、生产生活、伦理道德、物质精神等文化现象的活态传承。

苗族丰富的民族传奇经历造就了其深厚的历史文化，但其不羁的民族精神又使得这个民族成为封建统治者征伐打压的对象。甚至可以说，一部封建史，就是一部苗族的压迫屈辱史。封建统治者压迫苗族同胞惯用的手段，一是征战屠杀，二是愚昧民众，历经千年演绎，苗族同胞之于本民族历史、祖先伟大事功，慢慢忽略，甚至抹杀性遗忘。

一个伟大民族的悲哀莫过于此！

四

历经苦难，走向辉煌。中华人民共和国成立后，得益于党的民族政策，苗族与全国其他少数民族一样，依托民族区域自治法，组建了系列具有本民族特色的少数民族自治机构，千百年被压在社会底层的苗族同胞，翻身当家做主人，他们重新直面苗族的历史文化，系统挖掘、整理、提升本民族历史文化，切实找到了民族的历史价值和民族文化自信。贵州和湖南湘西武陵山区一带，自占就是封建统治阶级口中的"武陵蛮"的核心区域。这一块曾经被统治阶级视为不毛之地的蛮荒地区，如今得到了国家的高度重视，中央整合武陵山片区 4 省市 71 个县市，实施了武陵山片区扶贫攻坚战略。作为国家区域大扶贫战略中的重要组成部分，武陵山区苗族同胞的脱贫发展牵动着党中央、国务院关注的目光。武陵山区苗族同胞感恩党中央，激发内生动力，与党中央同步共振，掀起了一场轰轰烈烈的脱贫攻坚世纪大战。

苗族是湘西土家族苗族自治州两大主体民族之一，要推进湘西发展，当前基础性的工作就是要完成两大主体民族脱贫攻坚重点工作，自然，苗族承担的历史使命责无旁贷。在这样的语境下，推进湘西发展、推进苗族聚集区同胞脱贫致富，就是要充分用好、用活苗族深厚的历史文化资源，以挖掘、提升民族文化资源品质，提升民族文化自信心；要全面整合苗族民族文化资源精华，去芜存菁，把文化资源转化为现实生产力，服务于我州经济社会的发展。

正是贯彻这样的理念，湘西土家族苗族自治州立足少数民族自治地区的民族资源特色禀赋，提出了生态立州、文化强州的发展理念，围绕生态牌、文化牌打出了"全域旅游示范区建设""国内外知名生态文化公园"系列组合拳，民族文化旅游业蓬勃发展，民族地区脱贫攻坚工作突飞猛进。在具体操作层面，州委、州政府提出了以"土家探源""神秘苗乡"为载体、深入推进我州文化旅游产业发展的口号，重点挖掘和研究红色文化、巫傩文化、苗疆文化、土司文化。基于此，州政协按照服务州委、州政府中心工作和民生热点难点的履职要求，组织相关专家学者，联合相关出版机构，在申报重点课题的基础上，深度挖掘苗族历史文化，按课题整理、出版苗族历史文化丛书。

人类具有社会属性，所以才会对神话故事、掌故、文物和文献进行著录和收传。以民族出版社出版、吴荣臻主编的五卷本《苗族通史》和贵州民族出版社出版的《苗族古歌》系列著作为标志，苗学研究进入了一个新的历史时期。

湘西土家族苗族自治州政协组织牵头的《湘西苗族民间传统文化丛书》记载了苗疆文化的主要内容，是苗族文化研究的重要成果。它不但整理译注了浩如烟海的有关苗疆的历史文献，出版了史料文献丛书，还记录整理了苗族人民口传心录的苗族古歌系列、巴代文化系列等珍贵资料，并展示了当代文化研究成果。

　　党的十八大以来，以习近平同志为核心的党中央，以"一带一路"倡议为抓手，不断推进人类命运共同体建设，以实现中华民族伟大复兴的中国梦为目标，不断推进理论自信、道路自信、制度自信和文化自信。没有包括苗族文化在内的各个少数民族文化的复兴，也不会有完全的中华民族伟大复兴。

　　因此，从苗族历史文化中探寻苗族原典文化，发现新智慧、拓展新路径，从而提升民族文化自信力，服务湘西生态文化公园建设，推进精准扶贫、精准脱贫，实现乡村振兴，进而实现湘西现代化建设目标，善莫大焉！

　　此为序！

2018 年 9 月 5 日

专家序一

掀起湘西苗族巴代文化的神秘面纱

汤建军

　　2017年9月7日，根据中共湖南省委安排，我在中共湘西州委做了题为"砥砺奋进的五年"的形势报告。会后，在湘西州社科联谭必四主席的陪同下，考察了一直想去的花垣县双龙镇十八洞村。出于对民族文化的好奇，考察完十八洞村后，我根据中共湖南省委网信办在花垣县挂职锻炼的范东华同志的热诚推荐，专程拜访了苗族巴代文化奇人石寿贵老先生，参观其私家苗族巴代文化陈列基地。石寿贵先生何许人也？花垣县双龙镇洞冲村人。他是本家祖传苗师"巴代雄"第32代掌坛师、客师"巴代扎"第11代掌坛师、民间正一道第18代掌坛师。石老先生还是湘西州第一批命名的"非物质文化遗产(以下简称'非遗')保护"名录"苗老司"代表性传承人、湖南省第四批"非遗"名录"苗族巴代"代表性传承人、吉首大学客座教授、中国民俗学会蚩尤文化研究基地蚩尤文化研究会副会长、巴代文化学会会长。他长期从事巴代文化、道坛丧葬文化、民间习俗礼仪文化等苗族文化的挖掘搜集、整编译注及研究传承工作。一直以来，他和家人，动用全家之财力、物力和人力，经过近50年的全身心投入，在本家积累32代祖传资料的基础上，又走访了贵州、四川、湖北、湖南、重庆等周边20多个县市有名望的巴代坛班，通过本家厚实的资料库加上广泛搜集得来的资料，目前已整编译注出7大类76本

2500 多万字及 4000 余幅仪式彩图的《巴代文化系列丛书》，且准备编入《湘西苗族民间传统文化丛书》进行出版。这 7 大类 76 本具体包括：第一类，基础篇 10 本；第二类，苗师科仪 20 本；第三类，客师科仪 10 本；第四类，道师科仪 5 本；第五类，侧记篇 4 本；第六类，苗族古歌 14 本；第七类，历代手抄本扫描 13 本。除了书稿资料以外，石寿贵先生还建立起了 8000 多分钟的仪式影像、238 件套的巴代实物、1000 多分钟的仪式音乐、此前他人出版的有关苗族巴代民俗的藏书 200 余册以及包括一整套待出版的《湘西苗族民间传统文化丛书》在内的资料档案。此前，他还主笔出版了《苗族道场科仪汇编》《苗师通书诠释》《湘西苗族古老歌话》《湘西苗族巴代古歌》四本著作。其巴代文化研究基地已建立起巴代文化的三大仪式、两大体系、八大板块、三十七种类苗族文化数据库，成为全国乃至海内外苗族巴代文化资料最齐全系统、最翔实厚重、最丰富权威的亮点单位。"苗族巴代"在 2016 年 6 月入选第四批湖南省"非遗"保护名录。2018 年 6 月，石寿贵老先生获批为湖南省第四批非物质文化遗产保护项目"苗族巴代"代表性传承人。

走进石寿贵先生的巴代文化挖掘搜集、整编译注、研究及陈列基地，这是一栋两层楼的陈列馆，没有住人，全部都是用来作为巴代文化资料整编译注和陈列的。一楼有整编译注工作室和仪式影像投影室等，中堂为有关图片及字画陈列，文化气息扑面而来。二楼分别为巴代实物资料、文字资料陈列室和仪式腔调录音室及仪式影像资料制作室等，其中 32 个书柜全都装满了巴代书稿和实物，真可谓书山文海、千册万卷、博大精深、琳琅满目。

石老先生所收藏和陈列的巴代文化各种资料、物件和他本人的研究成果极大地震撼了我们一行人。我初步翻阅了石老先生提供的《湘西苗族巴代揭秘》一书初稿，感觉这些著述在中外学术界实属前所未闻、史无前例、绝无仅有。作者运用独特的理论体系资料、文字体系资料以及仪式符号体系资料等，全面揭露了湘西苗族巴代的奥秘，此书必将为研究苗族文化、苗族巴代文化学和中国民族学、民俗学、民族宗教学以及苗族地区摄影专家、民族文化爱好者提供线索、搭建平台与铺设道路。我当即与湘西州社科联谭必四主席商量，建议他协助和支持石老先生将《湘西苗族巴代揭秘》一书申报湖南省社科普及著作出版资助。经过专家的严格评选，该书终于获得了出版资助，在湖南教育出版社得到出版。因为这是一本在总体上全面客观、科学翔实、通俗形象地介绍苗族巴代及其文化的书，我相信此书一定会成为广大读者喜闻喜阅、喜欣喜爱的书，一定能给苗族历代祖先以慰藉，一定能更好地传播苗民族文化精华，一定能深入弘扬中华民族优秀传统文化。

2017 年 12 月 6 日，我应邀在中南大学出版社宣讲党的十九大精神时，结合如何策划选题，重点推介了石寿贵先生的苗族巴代文化系列研究成果，希望中南大学出版社在前期积累的基础上，放大市场眼光，挖掘具有民族特色的文化遗产，积极扶持石老先生巴代文化成果的出版。这个建议得到了吴湘华社长及其专业策划团队的高度重视。2018 年 1 月 30 日，国家出版基金资助项目公示，由中南大学出版社挖掘和策划的石寿贵编著的《巴代文化系列丛书》中的 10 本作为第一批《湘西苗族民间传统文化丛书》入选。该丛书以苗族巴代原生态的仪式脚本(包括仪式结构、仪式程序、仪式形态、仪式内容、仪式音乐、仪式气氛、仪式因果等)记录为主要内容，原原本本地记录了苗师科仪、客师科仪、道师绕棺戏科仪以及苗族古歌、巴代历代手抄本扫描等脚本资料，建立起了科仪的文字记录、图片静态记录、影像动态记录、历代手抄本文献记录、道具法器实物记录等资料数据库，是目前湘西苗族地区种类较为齐全、内容翔实、实物彩图丰富生动的原生态民间传统资料，充分体现了苗族博大精深、源远流长的文化内涵和艺术价值，对今后全方位、多视角、深层次研究苗族历史文化有着极其重要的价值和深远的意义。

从《湘西苗族民间传统文化丛书》中所介绍的内容来看，可以说，到目前为止，这套丛书是有关领域中内容最系统翔实、最丰富完整、最难能可贵的资料了。此套书籍如此广泛深入、全面系统、尽数囊括、笼统纳入，实为古今中外之罕见，堪称绝无仅有、弥足珍贵，也是有史以来对苗族巴代文化的全面归纳和科学总结。我想，这既是石老先生和他的祖上及其家眷以及政界、学界、社会各界对苗族文化的热爱、执着、拼搏、奋斗、支持、帮助的结果，也体现出了石寿贵老先生对苗族文化所做出的巨大贡献。这套丛书将成为苗族传统文化保护传承、研究弘扬的新起点和里程碑。用学术化的语言来说，这 300 余种巴代科仪就是巴代历代以来所主持苗族的祭祀仪式、习俗仪式以及各种社会活动仪式的具体内容。但仪式所表露出来的仅仅只是表面形式而已，更重要的是包含在仪式里面的文化因子与精神特质。关于这一点，石寿贵老先生在丛书中也剖析得相当清晰，他认为巴代文化的形成是苗族文化因子的作用所致。他认为：世界上所有的民族和教派都有不同于其他民族的文化因子，比如佛家的因果轮回、慈善涅槃、佛国净土，道家的五行生克、长生久视、清静无为，儒家的忠孝仁义、三纲五常、齐家治国，以及纳西族的"东巴"、羌族的"释比"、东北民族的"萨满"、土家族的"梯玛"等，无不都是严格区别于其他民族或教派的独特文化因子。由某个民族文化因子所产生出来的文化信念，在内形成了该民族的观念、性格、素质、气节和精神，在外则形成了该民族的风格、习俗、形象、身份和标志。通过内外因素的共同作用,形成支撑该民族生生不息、发展壮大、繁荣富强的不竭动力。苗族巴代文化的核心理念是人类的"自我不灭"真性,在这一文化因子的影响下,形成了"自我崇拜"或"崇拜自我、维护自我、服务自我"的人类生存哲学体系。这种理论和实践体现在苗师"巴代雄"祭祀仪式的方方面面,比如上供时所说的"我吃你吃,我喝你喝"。说过之后,还得将供品一滴不漏地吃进口中,意思为我吃就是我的祖先吃,我喝就是我的祖先喝,我就是我的祖先,我的祖先就是我,祖先虽亡,但他的血液在我的身上流淌,他的基因附在我的身上,祖先的化身就是当下的我,并且一直延续到永远,这种自我真性没有被泯灭掉。同时,苗师"巴代雄"所祭祀的对象既不是木偶,也不是神像,更不是牌位,而是活人,是舅爷或德高望重的活人。这种祭祀不同于汉文化中的灵魂崇拜、鬼神崇拜或自然崇拜,而是实实在在的、活生生的自我崇拜。这就是巴代传承古代苗族主流文化(因子)的内在实质和具体内容。无怪乎如来佛祖降生时一手指天,一手指地,所说的第一句话就是:"天上地下,唯我独尊。"佛祖所说的这个"我",指的绝非本人,而是宇宙间、世界上的真性自我。

石老先生认为,从生物学的角度来说,世界上一切有生命的动植物的活动都是维护自我生存的活动,维护自我毋庸置疑。从人类学的角度来说,人类的真性自我不生不灭,世间人类自身的一切活动都是围绕有利于自我生存和发展这个主旨来开展的,背离了这个主旨的一切活动都是没有任何价值和意义的活动。从社会科学的角度来说,人类社会所有的科普项目、科学文化,都是从有利于人类自我生存和发展这个主题来展开的,如果离开了这条主线,科普也就没有了任何价值和意义。从人类生存哲学的角度来说,其主要的逻辑范畴,也是紧紧地把握人类这个大的自我群体的生存和发展目标去立论拓展的,自我生存成为最大的逻辑范畴;从民族学的角度来说,每个要维护自己生生不息、发展壮大的民族,都要有自己强势优越、高超独特、先进优秀的文化来作支撑,而要得到这种文化支撑的主体便是这个民族大的自我。

石老先生还说,从维护小的生命、个体的小自我到维护大的人类、群体的大自我,是生物世界始终都绕不开的总话题。因而,自我不灭、自我崇拜或崇拜自我、服务自我、维护自我,在历史上早就成为巴代文化的核心理念。正是苗师"巴代雄"所奉行的这个"自我不灭论"宗旨教义,所行持的"自我崇拜"的教条教法,涵盖了极具广泛意义的人类学、民族学以及哲学文化领域中的人类求生存发展、求幸福美好的理想追求。也正是这种自我真性崇拜的文化因子，才形成了我们的民族文化自信，锻造了民族的灵魂素质，成就了民族的精神气节，才能坚定民族自生自存、自立自强的信念意识，产生出民族生生不息、发展壮大的永生力量。这就充分说明，苗族的巴代文化，既不是信鬼信神的巫鬼文化，也不是重巫尚鬼的巫傩文化，而是从基因实质的文化信念到灵魂素质、意识气魄的锻造殿堂，是彻头彻尾的精神文化，这就是巴代文化和巫鬼文化、巫傩文化的本质区别所在。

乡土的草根文化是民族传统文化体系的基因库，只要正向、确切、适宜地打开这个基因库，我们就能找到民族的根和魂，感触到民族文化的神和命。巴代作为古代苗族主流文化的传承者，作为一个族群社会民众的集体意识，作为支撑古代苗族生存发展、生生不息的强大的精神支柱和崇高的文化图腾，作为苗族发展史、文明史曾经的符号，作为中华民族文化大一统中的亮丽一簇，很少被较为全面系统、正向正位地披露过。

巴代是古代苗族祭祀仪式、习俗仪式、各种社会活动仪式这三大仪式的主持者，更是苗族主流文化的传承者。因为苗族在历史上频繁迁徙、没有文字、不属王化、封闭保守等因素，再加上历史条件的限制与束缚，为了民族的生存和发展，苗族先人机灵地以巴代所主持的三大仪式为本民族的显性文化表象，来传承苗族文化的原生基因、本根元素、全准信息等这些只可意会、不可言传的隐性文化实质。又因这三大仪式的主持者叫巴代，故其所传承、主导、影响的苗族主流文化又被称为巴代文化，巴代也就自然而然地成为聚集古代苗族的哲学家、法学家、思想家、社会活动家、心理学家、医学家、史学家、语言学家、文学家、理论家、艺术家、易学家、曲艺家、音乐家、舞蹈家、农业学家等诸大家之精华于一身的上层文化人，自古以来就一直受到苗族人民的信任、崇敬和尊重。

巴代文化简单说来就是三大仪式、两大体系、八大板块和三十七种文化。其包括了苗族生存发展、生产生活、伦理道德、物质精神等从里到表、方方面面、各个领域的文化。巴代文化必定成为有效地记录与传承苗族文化的大乘载体、百科全书以及活态化石，必定成为带领苗族人民从远古一直走到近代的精神支柱和家园，必定成为苗族文化的根、魂、神、质、形、命的基因实质，必定成为具有苗族代表性的文化符号与文化品牌，必定成为苗族优秀的传统文化、神秘湘西的基本要素。

石老先生委托我为他的丛书写篇序言，因为我的专业不是民族学研究，不能从专业角度给予中肯评价，为读者做好向导，所以我很为难，但又不好拒绝石老先生。工作之余，我花了很多时间认真学习他的相关著述，总感觉高手在民间，这些文字是历代苗族文化精华之沉淀，文字之中透着苗族人的独特智慧，浸润着石老先生及历代巴代们的心血智慧，更体现出了石老先生及其家人一生为传承苗族文化所承载的常人难以想象的、难以忍受的艰辛、曲折、困苦、执着和担当。

这次参观虽然不到两个小时，却发现了苗族巴代文化的正宗传人。遇见石老先生，我感觉自己十分幸运，亦深感自己有责任、有义务为湘西苗族巴代文化及其传人积极推荐，努力让深藏民间的优秀民族文化遗产能够公开出版。石老先生的心愿已了，感恩与我们一样有这种情结的评审专家和出版单位对《湘西苗族民间传统文化丛书》的厚爱和支持。我相信，大家努力促成这些书籍公开出版，必将揭开湘西苗族巴代文化的神秘面纱，必将开启苗族巴代文化保护传承、研究弘扬、推介宣传的热潮，也必将引发湘西苗族巴代文化旅游的高潮。

略表数言，抛砖引玉，是为序。

（作者系湖南省社会科学院党组成员、副院长，湖南省省情研究会会长、研究员）

专家序二

罗康隆

　　我来湘西20年,不论是在学校,还是在村落,听到当地苗语最多的就是
"巴代"(分"巴代雄"与"巴代扎")。起初,我也不懂巴代的系统内涵,只知
道巴代是湘西苗族的"祭师",但经过20年来循序渐进的认识与理解,我深
知,湘西苗族的"巴代",并非用"祭师"一词就可以简单替代。

　　说实在的,我是通过《湘西苗族调查报告》和《湘西苗族实地调查报告》
这两本书来了解湘西的巴代文化的。1933年5月,国立中央研究院的凌纯
声、芮逸夫来湘西苗区调查,三个月后凌纯声、芮逸夫离开湘西,形成了《湘
西苗族调查报告》(2003年12月由民族出版社出版)。该书聚焦于对湘西苗
族文化的展示,通过实地摄影、图画素描、民间文物搜集,甚至影片拍摄,加
上文字资料的说明等,再现了当时湘西苗族社会文化的真实图景,其中包含
了不少关于湘西苗族巴代的资料。

　　当时,湘西乾州人石启贵担任该调查组的顾问,协助凌纯声、芮逸夫在
苗区展开调查。凌纯声、芮逸夫离开湘西时邀请石启贵代为继续调查,并请
国立中央研究院聘石启贵为湘西苗族补充调查员,从此,石启贵正式走上了
苗族研究工作的道路。经过多年的走访调查,石启贵于1940年完成了《湘西
苗族实地调查报告》(2008年由湖南人民出版社出版)。在该书第十章"宗教
信仰"中,他用了11节篇幅来介绍湘西苗族的民间信仰。2009年由中央民
族大学"985工程"中国少数民族非物质文化研究与保护中心与台湾"中央研
究院"历史语言研究所联合整理,在民族出版社出版了《民国时期湘南苗族调
查实录(1~8卷)(套装全10册)》,包括民国习俗卷、椎猪卷、文学卷、接龙
卷、祭日月神卷、祭祀神辞汉译卷、还傩愿卷、椎牛卷(上)、椎牛卷(中)、

椎牛卷(下)。由是,人们对湘西苗族"巴代"有了更加系统的了解。

我作为苗族的一员,虽然不说苗语了,但对苗族文化仍然充满着热情与期待。在我主持学校民族学学科建设之初,就将苗族文化列为重点调查与研究领域,利用课余时间行走在湘西的腊尔山区苗族地区,对苗族文化展开调查,主编了《五溪文化研究》丛书和《文化与田野》人类学图文系列丛书。在此期间结识了不少巴代,其中就有花垣县董马库的石寿贵。此后,我几次到石寿贵家中拜访,得知他不仅从事巴代活动,而且还长期整理湘西苗族的巴代资料,对湘西苗族巴代有着系统的了解和较深的理解。

我被石寿贵收集巴代资料的精神所感动,决定在民族学学科建设中与他建立学术合作关系,首先给他配备了一台台式电脑和一台摄像机,可以用来改变以往纯手写的不便,更可以将巴代的活动以图片与影视的方式记录下来。此后,我也多次邀请他到吉首大学进行学术交流。在台湾"中央研究院"康豹教授主持的"深耕计划"中,石寿贵更是积极主动,多次对他所理解的"巴代"进行阐释。他认为湘西苗族的巴代是一种文化,巴代是古代苗族祭祀仪式、习俗仪式、各种社会活动仪式这三大仪式的主持者,是苗族文化的传承载体之一,是湘西苗族"百科全书"的构造者。

巴代文化成为苗族文化的根、魂、神、质、形、命的基因实质。这部《湘西苗族民间传统文化丛书》含 7 大类 76 本 2500 多万字及 4000 余幅仪式彩图,还有 8000 多分钟仪式影像、238 件套巴代实物、1000 多分钟仪式音乐等,形成了巴代文化资料数据库。这些资料弥足珍贵,以苗族巴代仪式结构、仪式程序、仪式形态、仪式内容、仪式音乐、仪式气氛、仪式因果为主要内容进行记录。这是作者在本家 32 代祖传所积累丰厚资料的基础上,通过近 50 年对贵州、四川、湖南、湖北、重庆等省市周边有名望的巴代坛班走访交流,行程达 10 万多公里,耗资 40 余万元,竭尽全家之精力、人力、财力、物力,对巴代文化资料进行挖掘、搜集与整理所形成的资料汇编。

这些资料的样本存于吉首大学历史与文化学院民间文献室,我安排人员对这批资料进行了扫描,准备在 2015 年整理出版,并召开过几次有关出版事宜的会议,但由于种种原因未能出版。今天,它将由中南大学出版社申请到的国家出版基金资助出版,也算是了结了我多年来的一个心愿,这是苗族文化史上的一件大好事。这将促进苗族传统文化的保护,极大地促进民族精神的传承和发扬,有助于加强、保护与弘扬传统文化,对落实党和国家加强文化大发展战略有着特殊的使命与价值。

(作者系吉首大学历史与文化学院院长、湖南省苗学学会第四届会长)

概　述

　　《湘西苗族民间传统文化丛书》以苗族巴代原生态的仪式脚本(包括仪式结构、仪式程序、仪式形态、仪式内容、仪式音乐、仪式气氛、仪式因果等)记录为主要内容,原原本本地记录了苗师科仪、客师科仪、道师绕棺戏科仪以及苗族古歌、巴代历代手抄本扫描等脚本资料,建立起了科仪文字记录、图片静态记录、影像动态记录、历代手抄本文献记录、道具法器实物记录等资料数据库,为抢救、保护、传承、研究这些濒临灭绝的苗族传统文化打牢了基础,搭建了平台,提供了必需的条件。

　　巴代是古代苗族祭祀仪式、习俗仪式、各种社会活动仪式这三大仪式的主持者,也是苗族主流文化的传承载体之一。古代苗族在涿鹿之战后因为频繁迁徙、分散各地、没有文字、不属王化、封闭保守等因素,形成了具有显性文化表象和隐性文化实质这二元文化的特殊架构。基于历史条件的限制与束缚,为了民族的生存和发展,苗族先人机灵地以巴代所主持的三大仪式为本民族的显性文化表象,来传承苗族文化的原生基因、本根元素、全准信息等这些只可意会、不可言传的隐性文化实质。因为三大仪式的主持者叫巴代,故其所传承、主导、影响的苗族主流文化又被称为巴代文化,巴代也就自然而然地成为聚集古代苗族的哲学家、史学家、宗教家等诸大家之精华于一身的上层文化人,自古以来就一直受到苗族人民的信任、崇敬和尊重。

　　巴代文化简单说来就是三大仪式、两大体系、八大板块和三十七种文化。其包括了苗族生存发展、生产生活、伦理道德、物质精神等从里到表、方方面面各个领域的文化。巴代文化必定成为有效地记录与传承苗族文化的大乘载体、百科全书以及活态化石，必定成为带领苗族人民从远古一直走到近代的精神支柱和家园，必定成为苗族文化的根、魂、神、质、形、命的基因实质，必定成为具有苗族代表性的文化符号与文化品牌，必定成为苗族优秀的传统文化之一、神秘湘西的基本要素。

苗族的巴代文化与纳西族的东巴文化、羌族的释比文化、东北民族的萨满文化、汉族的儒家文化、藏族的甘朱尔等一样，是中华文明五千年的文化成分和民族文化大花园中的亮丽一簇，是苗族文化的本源井和柱标石。巴代文化的定位是苗族文化的全面归纳、科学总结与文明升华。

近代以来，由于种种原因，巴代文化濒临灭绝。为了抢救这种苗族传统文化，笔者在本家 32 代祖传所积累丰厚资料的基础上，又通过近 50 年以来对贵州、四川、湖南、湖北、重庆等省市周边有名望的巴代坛班走访交流，行程 10 多万公里，耗资 40 余万元，竭尽全家之精力、人力、财力、物力，全身心投入巴代文化资料的挖掘、搜集、整编译注、保护传承工作中，到目前已形成了 7 大类 76 本 2500 多万字及 4000 余幅仪式彩图的《湘西苗族民间传统文化丛书》(以下简称《丛书》) 有待出版，建立起了《丛书》以及 8000 多分钟的仪式影像、238 件套的巴代实物、1000 多分钟的仪式音乐等巴代文化资料数据库。该《丛书》已成为当今海内外唯一的苗族巴代文化资源库。

7 大类 76 本 2500 多万字及 4000 余幅仪式彩图的《丛书》在学术界也称得上是鸿篇巨制了。为了使读者能够在大体上了解这套《丛书》的基本内容，在此以概述的形式来逐集进行简介是很有必要的。

这套洋洋大观的《丛书》，是一个严谨而完整的不可分割的体系，按内容属性可分为 7 大类型。因整套《丛书》的出版分批进行，在出版过程中根据实际情况对《丛书》结构做了适当调整，调整后的内容具体如下：

第一类：基础篇。分别是：《许愿标志》《手诀》《巴代法水》《巴代道具法器》《文疏表章》《纸扎纸剪》《巴代音乐》《巴代仪式图片汇编》《湘西苗族民间传统文化丛书通读本》等。

第二类：苗师科仪。分别是：《接龙》(第一、二册)，《汉译苗师通鉴》(第一、二、三册)，《苗师通鉴》(第一、二、三、四、五、六、七、八册)，《苗师"不青"敬日月车祖神科仪》(第一、二、三册)，《敬家祖》，《敬雷神》，《吃猪》，《土昂找新亡》。

第三类：客师科仪。分别是：《客师科仪》（第一、二、三、四、五、六、七、八、九、十册）。

第四类：道师科仪。分别是：《道师科仪》（第一、二、三、四、五册）。

第五类：侧记篇之守护者。

第六类：苗族古歌。分别是：《古杂歌》，《古礼歌》，《古阴歌》，《古灰歌》，《古仪歌》，《古玩歌》，《古堂歌》，《古红歌》，《古蓝歌》，《古白歌》，《古人歌》，《汉译苗族古歌》（第一、二册）。

第七类：历代手抄本扫描。

本套《丛书》的出版将为抢救、保护、传承、研究这些濒临灭绝的苗族传统文化打牢基础、搭建平台和提供必需的条件；为研究苗族文化，特别是研究苗族巴代文化学、民族学、民俗学、民族宗教学等，以及这些学科的完善和建设做出贡献；为研究、关注苗族文化的专家学者以及来苗族地区的摄影者提供线索与方便。《丛书》的出版，将有力地填补苗族巴代文化学领域里的空缺和促进苗族传统文明、文化体系的完整，使苗族巴代文化成为中华民族文化大花园中的亮丽一簇。

石寿贵
2020 年秋于中国苗族巴代文化研究中心

前 言

苗族前人留传下来的原生态苗歌，简称"苗族古歌"。它以诗歌传唱的形式真实地记录、传承了苗族的族群史、发展史和文明史，是苗族历史与文化传承的载体、百科全书以及活化石。它原汁原味地展示了苗族人民口口相传的天地形成、人类产生、族群出现、部落纷争、历次迁徙、安家定居、生产生活等从内到外、从表到里的方方面面的历史与文化，是一个体系庞大、种类繁多、内容丰富、意境高远、腔调悠长、千姿百态的文化艺术形式，也是一种苗族人民历来乐于传唱、普及程度很高的文化娱乐方式。

2011 年 5 月 23 日，"苗族古歌"名列国务院公布的第三批国家级非物质文化遗产扩展项目名录；2014 年 6 月，笔者主持的"花垣县苗族巴代文化保护基地"（笔者自家）被湘西土家族苗族自治州政府授牌为"苗族古歌传习所"，2014 年 8 月，被花垣县人民政府授牌为"花垣县董马库乡大洞冲村苗族古歌传习所"。政府的权威认定集中体现了国家对苗族古歌的充分肯定和高度重视。

笔者生活在一个世代传承苗歌之家，八九代人一直都在演唱、创作、传承苗歌。太高祖石共米、石共甲，高祖石仕贵、石仕官，曾祖石明章、石明玉，祖公石永贤、石光，父亲石长先，母亲龙拔孝，大姐石赐兴，大哥石寿山等，都是当时享有名望的大歌师，祖祖辈辈奉行的是"唱歌生、唱歌长、唱歌大、唱歌老、唱歌死、唱歌葬、唱歌祭"的宗旨，对苗歌天生有一种离不开、放不下、丢不得、忘不掉的特殊情感，因而本家祖传的苗歌资料特别丰富。笔者在本家苗歌资料的基础上，又在苗族地区广泛挖掘搜集，进而进行整编译注工作。

我们初步将采集到的苗族古歌编辑成了635卷线装本，再按其内容与特色分类编辑成《古灰歌》《古红歌》《古蓝歌》《古白歌》《古人歌》《古杂歌》《古礼歌》《古堂歌》《古玩歌》《古仪歌》《古阴歌》，共11本，400余万字，已被纳入国家出版基金项目，由中南大学出版社出版。这批苗族古歌的问世，将成为海内外学术界研究苗族乃至世界哲学、历史学、文学、语言学、人类学、民族学、民俗学、宗教学等学科不可或缺的基本资料，它们生动地体现了古代苗族独创、独特且博大的历史文化和千姿百态、璀璨缤纷的艺术魅力。

　　截至目前，我们已经出版了《湘西苗族巴代古歌》《湘西苗族古老歌话》等4本苗歌图书。《古灰歌》《古红歌》《古蓝歌》《古白歌》《古人歌》《古杂歌》《古礼歌》《古堂歌》《古玩歌》《古仪歌》《古阴歌》11本被编入了《湘西苗族民间传统文化丛书》第二辑，本册《古蓝歌》是这11本中的第3本。

　　所谓古蓝歌者，全系祭祀神歌也。记得本州的土家族曾出版《牛角吹出的古歌》一书，所收载的是梯玛祭祀歌。苗族在客师"巴代札"所主持的180余堂祭祀仪式中，其神歌占80%以上。本册《古蓝歌》所收载的只是其中一部分，仅为客师"巴代札"用汉语传唱的古歌内容。

　　有几点需要提醒读者朋友们注意。苗族古歌基本上都属于诗歌体裁，但在苗区里基本上是五里不同腔、八里不同韵。本册《古蓝歌》保存的资料采集于花垣县双龙镇洞冲村一带，此地属于东部方言第二方言区的语音地，书中的苗语发音虽然采用了类似现代汉语拼音的标注方式，但其实与普通话的发音相去甚远。而且，苗族古歌在口口相传的过程中一直没有定本，一直处在流动不居的演变过程之中。这也是本套丛书的价值所在。因此，在整理编写的过程中，笔者也在最大程度地保留了采集到的资料的原貌。因苗区各地的音腔不同，所以苗族古歌的唱腔也有不同，共几十种。我们搜集到一些唱腔，但只知道极少数歌者的名字，而大多数歌者无法列出，为保持统一，在本部分所示的二维码中，我们没有列出歌者的名字，诚望读者谅解。

目 录

第一部分　汉语歌

一、唱茶唱酒

【唱茶】

堂前休要断金鼓，炉中切莫断香焚。
断了金鼓从头起，断了香焚冷待神。

一莫忙来二莫忙，等我师郎穿衣裳。
身穿法衣戴红帽，头戴红冠拜君王。

一莫急来二莫急，等我师郎穿法衣。
身穿法衣戴红帽，头戴红冠拜众神。

锣师父来鼓师人，鼓锣二师听原因。
打锣也要轻锤打，打鼓听起锣锤声。

锣慢打来鼓慢敲，轻打锣鼓慢调音。
锣打中心鼓敲边，二人实在要宽心。

二帝君王你且听，闪开龙耳听原因。
今日主东酬良愿，酬谢华山五岳神。

路路高山也要走，行行路上也要行。
哪路高头走不到，枉费东家一片心。

吃茶要说茶根基，吃酒要说酒原根。
烧香要说香之理，点蜡要讲蜡之情。

吃饭要说古后吉，豆腐要记正南人。
吃茶要说唐僧降，吃酒要记杜康人。

说茶字来讲茶根，唐僧西天去取经。
捡得三叶茶籽草，两片假来一片真。

谈酒字来说酒缸，造酒原来是杜康。
酒缸抬往海边过，醉倒四海老龙王。

正月采茶是相玩，家家户户过新年。
别家吃个团圆酒，姜女独自不团圆。

二月采茶白花黄，范郎取衣筑城墙。
苦了妻子孟姜女，千里路途送衣裳。

三月采茶是清明，唐王地府去游魂。
看见许多阴兵将，顺手付钱谢金银。

四月采茶正当忙，百子千孙是文王。
九十九子齐齐拜，邑考献宝把命丧。

五月采茶是端阳，龙船花鼓闹长江。
二十四把划儿手，可怜织女离牛郎。

六月采茶热快快，田中之水热如汤。
只有六月天色大，可怜范郎筑城墙。

七月采茶立秋忙，磨房受苦李三娘。
一天挑水五百担，昼夜推磨到天光。

八月采茶燕门开，鸿雁云中带书来。
书中拜上孟姜女，千里路途欠衣鞋。

九月采茶是重阳，昭君和番去番邦。
踩桥跳在水波内，尸顺水逆转故乡。

十月采茶立冬忙，家家打米上官仓。
别人打米丈夫挑，姜女打米无人帮。

冬月采茶冷兮兮，雪花纷飞洒毛雨。
姜女炉中向炭火，范郎在外受苦辛。

腊月采茶满一年，上盖金被下铺毡。
层层盖上还说冷，范郎在外睡草眠。

此茶头上说还了，米酒高上有的根。
莫打茶籽长久唱，要把米酒说分明。

【唱酒】

正月造酒是新年，二十四姐打秋千。
刘全金瓜游地府，借尸还魂李翠莲。

二月造酒过惊蛰，魏征丞相斩龙头。
斩得老龙头落地，一股血水满江流。

三月造酒是清明，文广陷在幽州城。
幽州围困杨文广，内无粮草外无兵。

四月造酒正当忙，仁贵领兵杀木阳。
杀死木阳黑大将，转来又救五君王。

五月造酒是端阳，杨家有个杨五郎。
五郎怕死为和尚，七郎乱箭穿身亡。

六月造酒热快快，红脸黑须关云长。
过五关来斩六将，擂鼓三通斩蔡阳。

七月造酒立了秋，文广陷难在幽州。
幽州陷害杨文广，八娘九妹去报仇。

八月造酒是收成，苏秦唐耳去求名。
苏秦得了高官做，唐耳丢在九霄云。

九月造酒是重阳，甘罗十二为丞相。
甘罗十二年纪小，太公八十遇文王。

十月造酒立了冬，文王得梦见飞雄。
文王得了飞雄梦，斋戒三千姜太公。

冬月造酒冷清清，王祥为母卧寒冷。
王祥卧在寒冰睡，天赐鲤鱼跳龙门。

腊月造酒满一年，张公百忍挂堂前。
堂前挂了百忍字，云南买马中状元。

二、发文

户主造酒造得忙，造成米酒无人尝。
户主造酒造得甜，造成米酒无人开。
户主造酒造得急。
造成米酒退送三界四值功曹、传文使者、众神位位得酒吃。

第一第二功曹听，第三第四功曹听。
户主赏你一杯二碗三呈四献起车上马酒。
纷纷醉醉就起身。
起身跟起一朵红云去，红云游雾上桃源。
上到桃源请神灵。

第五第六功曹听，第七第八功曹听。
户主赏你五杯六碗七呈八献起车上马酒。
纷纷醉醉就起身。
起身跟起一朵红云去，红云游雾上桃源。
上到桃源请神灵。

第九第十功曹听，十一十二功曹听。
户主赏你九杯十碗十一呈十二献起车上马酒。
纷纷醉醉就起身。
起身跟起一朵红云去，红云游雾上桃源。
上到桃源请神灵。

功曹饮酒十二杯，马上吃酒马上飞。
功曹领酒十二呈，马上吃酒马上行。

功曹起车莫怕山高坡路绕，莫怕路远海水深。
高坡它有盘山路，水深也有渡船人。

隔了高坡架地板，又隔黄河架桥云。
桥头架到桃源洞，桥尾架上宝山门。

天界功曹本姓张，手拿文书走忙忙。
文书界上华山殿，华山宝殿请君王。

地界功曹本姓急，手拿文书走飞飞。
文书界上华山殿，华山宝殿请神祇。

水界功曹本姓肖，手拿文书走飘摇。
文书界上华山殿，华山宝殿请神朝。

阳界功曹本姓陈，头戴朱砂黄后颈。
请骑一对赤鬃马，打马要去请神灵。

天界功曹骑凤走，插翅腾飞九霄云。
地界功曹骑虎走，路路盘山也独行。

水界功曹骑龙走，波浪千层也要行。
阳界功曹骑马走，快马如同飞云送。

奉请玉皇金宝印，羊毛笔下写公文。
一行不写通州府，二行不写到贝城。
三行不写闲言语，单写信士全家大小名。

写得行行通有字，写得个个本有名。
疏文交与誊录改，恐防漏字添笔文。

多一字来改一字，少了一文添一文。
多了一笔誊录改，少了一字要添成。
先看过目无差错，后交疏奏满堂神。

说得清来分得明，三界四值功曹来领文。
领文领纸上天去，领文领纸上天门。
弟子鸣角发号送文书。

界文界上东岳庙，要来界上东岳山。
东岳山上有仙官。
天地仙官领文去，领文领纸上华山。

界文界上南岳庙，要来界上南岳山。
南岳山上有仙官。
天地仙官领文去，领文领纸上华山。

界文界上西岳庙，要来界上西岳山。
西岳山上有仙官。
天地仙官领文去，领文领纸上华山。

界文界上北岳庙，要来界上北岳山。
北岳山上有仙官。
天地仙官领文去，领文领纸上华山。

界文界上中岳庙，要来界上五岳山。
五岳山上有仙官。
天地仙官领文去，领文领纸上华山。

说得清来分得明，三界四值功曹来领文。
领文领纸上天去，领文领纸上天门。
弟子鸣角发号送书文。

三、请法主

鸣角一声当三声，声声吹到玉皇去。
声声吹到老君门。
老君得听弟子鸣角响，惊动堂前请老君。
请你阁步勒马转回身。

鸣角一响当三响，声声吹到玉皇去。
声声吹到老君堂。
老君得听弟子鸣角响，惊动堂前请老君。
请你阁步勒马转回乡。

老君听来老君听，莫在蒙中装酒醉。
莫在云中醉酒人。
有车请上云车马，有马请上云马行。

驾车驾车请上师郎天门桥上过。
驾马驾马请上师郎天门桥上行。
桥上有盆洗脸水，桥下有个洗脚盆。
梳头洗脸桥上过，洗脸梳头桥上行。

会会赞赞大欢心，赞赞会会小欢心。
上元法文法朝官，请下降，五阴摆在地当厅。
先天留下元皇教，水有源头木有根。
无极太极生两仪，三才四象定乾坤。

五行六爻定八卦，开天辟地阴阳分。
天开子时地生丑，人生于寅盘古神。

天皇生下十二子，地皇生下十一人。
人皇生出九兄弟，三十三人在中心。

混沌原来不计春，各将妙术补全真。
星斗日月尚未现，先有教主后乾坤。

鸿钧一道传三友，老君一气化三清。
袖里乾坤袖里大，腹中日月腹中明。

玉皇门下立坛教，开坛演教到如今。
龙汉庚寅多妖怪，邪魔精怪害黎民。

太上老君神通显，方立坛教灭邪精。
张赵二郎诸子弟，七千八万显威灵。

邪魔外道齐皈向，三元法主号世尊。
凡民从此得安泰，昔来传古古传今。

包罗万象与三界，自古元皇教为尊。
古来演教祖师主，宗本仁师承教兴。

老君传下玉皇教，包罗万象掌中存。
三教原来共法主，世上法坛共老君。

自古一代传一代，前人演教后人跟。
弟子习演元皇教，父来传子子传孙。

红云捧出玉皇殿，法坛现出老君身。
金炉不断千年火，玉盏长明万岁灯。

视之不见求之应，听则无声叩则灵。
上叩玉皇张大帝，下叩地府十阎君。

龙从东海朝仙殿，虎往南山赴坛庭。
长江后浪推前浪，法坛兴旺万万春。

玉皇大帝至高尊，天师真人两边分。
昊天金阙无上道，元皇启教李老君。

三元盘古开天地，三元法主号世尊。
三桥王母列三界，三请大道掌乾坤。

红云绕绕玉皇殿，角号声声请老君。
烛放祥光迎圣驾，香烟渺渺敬神灵。

启教祖师齐来到，宗本仁师降来临。
梳头洗脸桥上过，洗脸梳头桥上行。

会会转转大欢心，转转会会小欢心。
上元法主请下马，下车下马进傩坪。
中元法文法朝官，请下降，众凭顺答摆当厅。

正月十五法门开，上元法主降下来。
降下雍州并雍县，九龙头上一品官。

上元将军本姓唐，神道闪闪降坛场。
来到堂中齐下马，五阴落地保安康。

七月十五法门开，中元法主降下来。
降在苍州并苍县，七龙头上一品官。
中元将军葛大姓，相貌堂堂降来临。
来到堂中齐下驾，众凭神筶保安宁。

十月十五法门开，下元法主降下来。
降生殿州并殿县，五龙头上一品官。
下元法主周大姓，威风凛凛降来临。
来到堂中请下马，开副阳卦摆当厅。

手拿天仙旗，造去天仙兵。
手拿地仙旗，造去地仙兵。
手拿左右阴阳旗，造去左右阴阳兵。

造兵活像马脚走，长枪活像笋登林。
一造长枪万万把，二造单弩万万双。

造兵兵回坛，造马马转殿。
造兵造到某处某地转，造兵造到某处某地回。

千兵看我旗头走，万马看我旗号回。
各自旗头各自号，各自鸣锣各自响。
各自鸣鼓各自呼——
回！

四、跑傩

锣沉沉来鼓沉沉，跑傩郎子赴傩坪。

锣喤喤来鼓喤喤，跑傩郎子赴傩堂。

打扫阶前打扫阶，打扫阶前请神来。
打扫厅前打扫厅，打扫厅前请神灵。

户主门前一园竹，青的青来绿的绿。
长的砍来做洞竿，短的劈来做标傩。

户主门前一丘田，十二牯牛犁半边。
十二牯牛半边畲，一边栽糯一边黏。
黏的拿来做下马，糯的造酒请神来。

户主门前一对猪，尾巴长来嘴又粗。
家下来客不敢宰，户主宰来坛上敬五岳。

户主门前一双羊，尾巴短来角又长。
家下来客不敢宰，户主宰来坛上敬君王。

户主门前一笼鸡，一笼分做两笼啼，捉住不得满天飞。
家下来客不敢宰，户主宰来坛上配鲜鱼。

户主门前一眼塘，鲤鱼长大扁担长。
别人抬网不敢打，户主一网打来坛上配猪羊。

户主门前一蔸松，松树高上挂金钟。
金钟银钟挂在松树上，免得充容树来扯充容。

户主门前一蔸槐，槐树高上挂金牌。
金牌银牌挂在槐树上，免得充容树来扯宽骇。

户主门前一蔸桃，年年结子半天高。
万丈竹篙打不到。
玉皇高扎龙袍地下捡，娘娘上树摇仙桃。

大的金刀接在三门外，小的银刀接在四门前。
第三金刀接在三门外，金刀银刀接在二门前。

天桥地桥接在三门外，阴阳二桥接在四门前。
天车地车接在三门外，阴阳二车接在二门前。

大马小马接在三门外，赤鬃大马接在四门前。
长枪短枪接在三门外，大枪大炮接在二门前。

大的将军接在三门外，将军大炮接在四门前。
小的将军接在三门外，将军小炮接在二门前。

五哨大弁接在三门外，红黑大帽接在四门前。
五哨小弁接在三门外，红黑小帽接在二门前。

金弓银弩接在三门外，黄弓大弩接在四门前。
铜叉铁叉接在三门外，阴阳二叉接在二门前。

铜钩铁钩接在三门外，阴阳二钩接在四门前。
铜标铁标接在三门外，阴阳二标接在二门前。

三元将军接在三门外，四元枷栲接在四门前。
五营兵马接在三门外，六丁六甲接在二门前。

七千雄兵接在三门外，八万猛将接在四门前。
千千兵马接在三门外，万万猛将接在二门前。

麒麟狮子接在三门外，黄斑饿虎接在四门前。
吞鬼大王接在三门外，咬鬼大将接在二门前。

铜铁城墙接在三门外，万丈高墙接在四门前。
铜铁篱笆接在三门外，金绞大笆接在二门前。

大旗小旗接在三门外，阴阳二旗接在四门前。
大号小号接在三门外，阴号阳号接在二门前。

天仙兵马接在三门外，地仙兵将接在四门前。
三十六诀接在三门外，七十二法接在二门前。

大马赶去槽中喂，小马赶在后园去吃草。
马鞍脱在马栏房，被褥放在中央床。
龙头挂在金钩上，帽子脱放桌中央。

人到堂前人享福，马到堂前脱了脚。
人到堂前人喜欢，马到堂前脱了鞍。

锣沉沉来鼓沉沉，跑傩郎子转回身。
锣喤喤来鼓喤喤，接驾郎子赴傩堂。

五、接驾

金炉宝香起青云，银灯结彩照光明。
锣慢打来鼓慢敲，轻敲锣鼓慢调音。

遍地装成金世界，满堂化作玉乾坤。
视之不见求之应，听则无声叩则灵。

上叩玉皇张大帝，下叩地府十阎君。
中叩五岳仁圣帝，又叩五湖四海神。

大哥门上千重路，松树脚下万重根。
千重树来万重根，层层难尽说分明。

唱不了的闲言语，比不尽的古人名。
毕下闲言且莫唱，此牌此筶有原根。

此牌不是非凡牌，天上雷公劈树来。

有错之人雷劈树，劈落一块有来源。
别人看见不敢捡，太上老君捡一块。
拿来左撩头来右摩尾，撩头摩尾才成牌。

中牌雕苑娑椤树，天下树落在中牌。
七星北斗高上坐，龙神万字在中牌。

此牌真来此牌灵，此牌坛上拜老君。
别人拿来无用处，弟子拿来君王接驾掌天坪。

此牌头上说完了，此筶高上有原根。
莫把此牌长久唱，要把此筶说分明。

此筶不是非凡筶，统是灵山紫竹根。
龙汉元年栽竹于，龙汉二年紫竹生。
龙汉三年生出土，龙汉四年生登林。

先生一对黄竹笋，出了黄虫来咬根。
后生一对黑竹笋，出了黑虫来咬根。
第二三年才生一对青竹笋。
高上百鸟无坐处，地下无虫来咬根。

紫林头上绕三绕，清水碗中盖几层。
张赵二郎打马园中过，闻听此竹响一声。
夜头点把灯笼看，看见紫竹好光阴。

大哥抬刀不敢砍，二哥抬斧砍不成。
抬把锄头破开土，又带斧头刀断根。

鲁班仙人齐来到，才将紫竹把门分。
八月初一削筶子，十五吉日紫筶成。

一卦称来有四两，两卦合来有半斤。

内有五行生父子，内五行来外五行。
内有建除满平定，分出八卦定君臣。

上去求凤凤也到，下来求雨雨来淋。
上去求男男成对，下来求女长成人。

人人说我此筶好，个个讲我此筶灵。
打得准来准得灵，别人拿来无用处。
弟子拿来君王接驾定阳阴。

神娘来是往东来，远看户主龙门不得开。
弟子反手梳头说几句，手拿金弓银弹子。
打开户主龙门双扇开。

神公来是往西来，远看户主龙门不得开。
弟子反手梳头说几句，手拿金弓银弹子。
打开户主龙门双扇开。

满堂师父来是湖南湖北神灵到，远看户主龙门不得开。
弟子反手梳头说几句，手拿金弓银弹子。
打开户主龙门双扇开。

三位神灵来到信士户主三衙四门外。
又到三衙四门前。
何神来得不敢进，何鬼来得不敢开。
要与三位神灵进当前。

三位神灵来到信士户主三衙四门外。
又到三衙四门停。
何神来得不敢进，何鬼来得不敢行。
要与三位神灵进乾坤。

神娘请下八人轿，八抬大轿进乾坤。

上轿你有撑轿手，下轿你有接轿人。
轿前轿后有人走，轿后轿前闹纷纷。
下轿要打阳竹筶，开副阳卦进乾坤。

君王请下赤鬃马，赤鬃大马进乾坤。
上马你有撑马手，下马你有接马人。
马前马后有人走，马后马前闹纷纷。
下马要打阴竹筶，五阴落地进乾坤。

满堂师父请下银鬃马，二十四戏请下高头马。
白鸟槽槽请下龙车马，龙车大马进乾坤。
上马你有撑马手，下马你有接马人。
马前马后有人走，马后马前闹纷纷。
下马要打神竹筶，众凭神筶进乾坤。

打筶郎子未曾到，捡筶郎君未曾行。
左边金童来行水，右边玉女随后跟。
金童玉女来扫地，判卦仙师下凡尘。

阳人讲话三道准，求神三筶尽了情。
弟子手拿筶子不敢打，口口靠问众神灵。
筶子抛在屋梁上，望神哪个进乾坤。

满堂师父下了马，众凭神筶摆当厅。
请来坛中无别事，请来坛上领良因。

一来皆领信士户主良因会，二来又替户主免灾星。
天瘟免送天堂去，地瘟免送地狱门。

麻瘟免送麻山去，痘瘟免送痘娘人。
天瘟地气免出去，天灾地难免出门。

天煞地煞免出去，凶神恶煞免出门。

病床多久免出去，眠床多日免出门。

天怪地怪免出去，八八六十四怪免出门。
不留厉鬼在家门。

满堂师父到堂上殿宽心坐，坐宽心。
我改头换面接娘身。

满堂师父下了马，众凭神筶进乾坤。
神娘请下八人轿，八抬大轿进乾坤。
下轿要打阳竹筶，开副阳卦进乾坤。

神娘下了八人轿，开副阳卦摆当厅。
请来坛中无别事，请来坛上领良因。

一来皆领良因会，二替户主免灾星。
天瘟免送天堂去，地瘟免送地狱门。

麻瘟免送麻山去，痘瘟免送痘娘人。
天瘟地气免出去，天灾地难免出门。

灾难祸害免出去，三灾八难免出门。
阴包草药免出去，阳包草渣免出门。

天怪地怪免出去，八八六十四怪免出门。
不留厉鬼在家门。

神娘到堂上殿宽心坐，坐宽心。
我改头换面接皇君。

神娘下了八人轿，开副阳卦摆当厅。
君王请下赤鬃马，赤鬃大马进乾坤。
下马要打阴竹筶，五阴落地进乾坤。

君王下了赤鬃马，五阴落地摆当厅。
请来坛中无别事，请来坛上领良因。

一来皆领良因会，二替户主免灾星。
天瘟免送天堂去，地瘟免送地狱门。

麻瘟免送麻山去，豆瘟免送豆娘人。
天火地火免出去，阴火阳火免出门。

官非口嘴免出去，官司口舌免出门。
年来当灾免出去，月来当难免出门。

猪瘟时气免出去，牛瘟马疫免出门。
失财破米免出去，麻元怄气免出门。
不留厉鬼在家门。

神娘我有女兵接一道，女兵女将护娘娘。
左边金童来行水，右边玉女行茶汤。

三员将军排坐位，四元枷栲在两旁。
七千雄兵分左右，八万猛将护娘娘。

君王我有男兵接一通，男兵男将护君王。
左边金童来行水，右边玉女行茶汤。

三员将军排座位，四元枷栲在两旁。
七千雄兵分左右，八万猛将护君王。

左边金童来行水，右边玉女行茶汤。
三员将军排坐位，四员枷栲在两旁。

七千雄兵分左右，八万猛将护满堂。
三位神灵到堂上殿宽心坐，坐宽心。

我改头换面接禳神。

大郎二郎到堂请坐家龛上。
家龛殿内宽心坐,家龛殿内坐宽心。
弟子头又梳来脸又洗,洗手顿首来谢恩。

三郎四郎到堂请坐弯宫殿。
弯宫殿内宽心坐,弯宫殿内坐宽心。
弟子又流头来又洗脸,洗手顿首来谢恩。

五郎六郎到堂我也请坐后宫殿。
后宫殿内宽心坐,后宫殿内坐宽心。
弟子头又梳来脸又洗,洗手顿首来谢恩。

神娘请坐虎皮金交椅,圣母安然绣花墩。
弟子头又梳来脸又洗,洗手顿首来谢恩。

君王请坐虎皮金交椅,金的交椅宽心坐,
金的交椅坐宽心。
弟子头又梳来脸又洗,洗手顿首来谢恩。

满堂师父请坐阴阳龙凤殿。
阴阳二殿宽心坐,阴阳二殿坐宽心。
弟子头又梳来脸又洗,洗手顿首来谢恩。
满堂众神宽心坐,坐宽心,开光点亮赴傩坪。

手拿天仙旗,造去天仙兵。
手拿地仙旗,造去地仙兵。
手拿左右阴阳旗,造去左右阴阳兵。

造兵活像马脚走,长枪活像笋登林。
一造长枪万万把,二造单弩万万双。

造兵兵回坛，造马马转殿。
造到三洞桃源转，上洞中洞下洞桃源回。
五岳尖山转，五岳平山回。
华山庙前庙后转，华山庙左庙右回。
隔河本堂转，隔海本殿回。

千兵看我旗头走，万马看我旗号回。
各自旗头各自号，各自鸣锣各自响，
各自鸣鼓各自呼——
行！

六、立营

锣沉沉来鼓沉沉，立营郎子赴傩坪。
锣喤喤来鼓喤喤，立营郎子赴傩堂。

【立东方营】
一立东方东九夷，九千九万木神兵。
头戴盔，身穿甲，手拿文来脚踩罡。
带兵带马立东方。

东方有蔸青棕树，东方有蔸青树梁。
木皮叶叶盖傩堂。

人人抬刀又带斧，张公抬刀又来砍。
鲁班抬尺又来量。
砍断大木青棕树，砍断大木青树梁。

大木抬来起屋柱，小木抬来做穿枋。
大木抬到傩堂内，小木抬到此傩堂。

左手打墨右手凿，但立合凿起营房。
起个门楼高万里，立个地楼撬四方。
起个门楼高万丈，四处栏团挂壁张。
屋檐接水亮堂堂。

起个门楼高万里，立个地楼撬四正。
起个门楼高万丈，四处栏团挂壁伸。
屋檐接水亮澄澄。

高上盖了琉璃瓦，地下安了地脚门。
细细磨砖铺地坪，四处栏团挂壁伸。
屋檐接水亮澄澄。

黄土筑墙十三板，外头不见里头人。
门上安起一对麒麟子，铜面铁面将军把住门。
城门垒垒安大炮，高场合造闹沉沉。

楼门打鼓响咚咚，地下有人撞巧钟。
楼门打鼓响沉沉，地下有人撞巧音。

借你金弓十二把，借来马上跟前捆。
开弓路上杀别鬼，飞刀落地斩邪精。
开弓路上杀别鸟，地下脱火烧五瘟。

要钱要来傩堂起，要米要来傩堂量。
军粮马料取成对，马料军粮取成双。
养得七千八万马，停得七千八万兵。
好处停兵歇马场。

东方立了木城营，木城楼，木城寨。
木神兵马宽心坐，坐宽心。
青旗青号插东营。

【立南方营】

立了一方立一方,改头换面立南方。

二立南方南八湾,八千八万火神兵。
头戴盔,身穿甲,手拿文来脚踩罡。
带兵带马立南方。

南方有菀赤棕树,南方有菀赤树梁。
木皮叶叶盖傩堂。

人人抬刀又带斧,张公抬刀又来砍。
鲁班抬尺又来量。
砍断大木赤棕树,砍断大木赤树梁。

大木抬来起屋柱,小木抬来做穿枋。
大木抬到傩堂内,小木抬到此傩堂。

左手打墨右手凿,但立合凿起营房。
起个门楼高万里,立个地楼撬四方。
起个门楼高万丈,四处栏团挂壁张。
屋檐接水亮堂堂。

起个门楼高万里,立个地楼撬四正。
起个门楼高万丈,四处栏团挂壁伸。
屋檐接水亮澄澄。

高上盖了琉璃瓦,地下安了地脚门。
细细磨砖铺地坪,四处栏团挂壁伸。
屋檐接水亮澄澄。

黄土筑墙十三板,外头不见里头人。
门上安起一对麒麟子,铜面铁面将军把住门。
城门垒垒安大炮,高场合造闹沉沉。

楼门打鼓响咚咚，地下有人撞巧钟。
楼门打鼓响沉沉，地下有人撞巧音。

借你金弓十二把，借来马上跟前捆。
开弓路上杀别鬼，飞刀落地斩邪精。
开弓路上杀别鸟，地下脱火烧五瘟。

要钱要来傩堂起，要米要来傩堂量。
军粮马料取成对，马料军粮取成双。
养得七千八万马，停得七千八万兵。
好处停兵歇马场。

南方立了火城营，火城楼，火城寨。
火神兵马宽心坐，坐宽心。
赤旗赤号插南营。

【立西方营】
立了一方立一方，改头换面立西方。

三立西方西六绒，六千六万金神兵。
头戴盔，身穿甲，手拿文来脚踩罡。
带兵带马立西方。

西方有菀白棕树，西方有菀白树梁。
木皮叶叶盖傩堂。

人人抬刀又带斧，张公抬刀又来砍。
鲁班抬尺又来量。
砍断大木白棕树，砍断大木白树梁。

大木抬来起屋柱，小木抬来做穿枋。
大木抬到傩堂内，小木抬到此傩堂。

左手打墨右手凿，但立合凿起营房。
起个门楼高万里，立个地楼撬四方。
起个门楼高万丈，四处栏团挂壁张。
屋檐接水亮堂堂。

起个门楼高万里，立个地楼撬四正。
起个门楼高万丈，四处栏团挂壁伸。
屋檐接水亮澄澄。

高上盖了琉璃瓦，地下安了地脚门。
细细磨砖铺地坪，四处栏团挂壁伸。
屋檐接水亮澄澄。

黄土筑墙十三板，外头不见里头人。
门上安起一对麒麟子，铜面铁面将军把住门。
城门垒垒安大炮，高场合造闹沉沉。

楼门打鼓响咚咚，地下有人撞巧钟。
楼门打鼓响沉沉，地下有人撞巧音。

借你金弓十二把，借来马上跟前捆。
开弓路上杀别鬼，飞刀落地斩邪精。
开弓路上杀别鸟，地下脱火烧五瘟。

要钱要来催堂起，要米要来催堂量。
军粮马料取成对，马料军粮取成双。
养得七千八万马，停得七千八万兵。
好处停兵歇马场。

西方立了金城营，金城楼，金城寨。
金神兵马宽心坐，坐宽心。
白旗白号插西营。

【立北方营】

立了一方立一方，改头换面立北方。

四立北方北五狄，五千五万水神兵。
头戴盔，身穿甲，手拿文来脚踩罡。
带兵带马立北方。

北方有苋黑棕树，北方有苋黑树梁。
木皮叶叶盖傩堂。

人人抬刀又带斧，张公抬刀又来砍。
鲁班抬尺又来量。
砍断大木黑棕树，砍断大木黑树梁。

大木抬来起屋柱，小木抬来做穿枋。
大木抬到傩堂内，小木抬到此傩堂。

左手打墨右手凿，但立合凿起营房。
起个门楼高万里，立个地楼撬四方。
起个门楼高万丈，四处栏团挂壁张。
屋檐接水亮堂堂。

起个门楼高万里，立个地楼撬四正。
起个门楼高万丈，四处栏团挂壁伸。
屋檐接水亮澄澄。

高上盖了琉璃瓦，地下安了地脚门。
细细磨砖铺地坪，四处栏团挂壁伸。
屋檐接水亮澄澄。

黄土筑墙十三板，外头不见里头人。
门上安起一对麒麟子，铜面铁面将军把住门。
城门垒垒安大炮，高场合造闹沉沉。

楼门打鼓响咚咚，地下有人撞巧钟。
楼门打鼓响沉沉，地下有人撞巧音。

借你金弓十二把，借来马上跟前捆。
开弓路上杀别鬼，飞刀落地斩邪精。
开弓路上杀别鸟，地下脱火烧五瘟。

要钱要来傩堂起，要米要来傩堂量。
军粮马料取成对，马料军粮取成双。
养得七千八万马，停得七千八万兵。
好处停兵歇马场。

北方立了水城营，水城楼，水城寨。
水神兵马宽心坐，坐宽心。
黑旗黑号插北营。

【立中央营】
立了一方立一方，改头换面立中央。

五立中央中三清，三千三万土神兵。
头戴盔，身穿甲，手拿文来脚踩罡。
带兵带马立中央。

中央有苑黄棕树，中央有苑黄树梁。
木皮叶叶盖傩堂。

人人抬刀又带斧，张公抬刀又来砍。
鲁班抬尺又来量。
砍断大木黄棕树，砍断大木黄树梁。

大木抬来起屋柱，小木抬来做穿枋。
大木抬到傩堂内，小木抬到此傩堂。

左手打墨右手凿，但立合凿起营房。
起个门楼高万里，立个地楼撬四方。
起个门楼高万丈，四处栏团挂壁张。
屋檐接水亮堂堂。

起个门楼高万里，立个地楼撬四正。
起个门楼高万丈，四处栏团挂壁伸。
屋檐接水亮澄澄。

高上盖了琉璃瓦，地下安了地脚门。
细细磨砖铺地坪，四处栏团挂壁伸。
屋檐接水亮澄澄。

黄土筑墙十三板，外头不见里头人。
门上安起一对麒麟子，铜面铁面将军把住门。
城门垒垒安大炮，高场合造闹沉沉。

楼门打鼓响咚咚，地下有人撞巧钟。
楼门打鼓响沉沉，地下有人撞巧音。

借你金弓十二把，借来马上跟前捆。
开弓路上杀别鬼，飞刀落地斩邪精。
开弓路上杀别鸟，地下脱火烧五瘟。

要钱要来傩堂起，要米要来傩堂量。
军粮马料取成对，马料军粮取成双。
养得七千八万马，停得七千八万兵，
好处停兵歇马场。

中央立了土城营，土城楼，土城寨。
土神兵马宽心坐，坐宽心。
黄旗黄号插中营。

锣沉沉来鼓沉沉，立营郎子转回身。
锣喤喤来鼓喤喤，点马郎子赴傩堂。

【点马】
东方点个青鬃马，青鬃马善好将军。
一京车到北京去，一京车到北京城。
收兵收到弟子手上转，头戴青帽转回身。

南方点个赤鬃马，赤鬃马善好将军。
一京车到北京去，一京车到北京城。
收兵收到弟子手上转，头戴赤帽转回身。

西方点个白鬃马，白鬃马善好将军。
一京车到北京去，一京车到北京城。
收兵收到弟子手上转，头戴白帽转回身。

北方点个黑鬃马，黑鬃马善好将军。
一京车到北京去，一京车到北京城。
收兵收到弟子手上转，头戴黑帽转回身。

中央点个黄鬃马，黄鬃马善好将军。
一京车到北京去，一京车到北京城。
收兵收到弟子手上转，头戴黄帽转回身。

锣沉沉来鼓沉沉，点马郎子转回身。
锣喤喤来鼓喤喤，收山郎子赴傩堂。

东方养个守山狗，南方养个狗守山。
西方养个守山狗，北方养个狗守山。
中央养个守山狗，五方堂殿狗守山。

天瘟收送天堂去，地瘟收送地狱门。
麻瘟收送麻山去，豆瘟收送豆娘人。

天瘟地气收出去，天灾地难收出门。
病床多久收出去，眠床多日收出门。

失财破米收出去，麻元怄气收出门。
官非口嘴收出去，官司口舌收出门。

天火地火收出去，阴火阳火收出门。
天怪地怪收出去，八八六十四怪收出门。
不留别鬼在家门。

前门收个招财路，后门收个路进财。
横财累累上家来。

收进金来收进银，收进金银和宝贝。
前缸得满后缸登。

收进金银财和宝，横财累累上家门。
收进五谷并米价，前仓得满后仓登。

收进五男儿和女，双男贵子跳龙门，
收进五谷并米价，五谷米价养儿孙。

收进猪羊牛和马，六畜牛马养成群。
收进绫罗绸缎子，衣禄饭碗万年兴。

有福之人莫收多，收得多了没处着。
有福之人莫收久，收得久来没处装。
收得多少通莫怪，满户金怀莫怒心。

锣沉沉来鼓沉沉，守山郎子转回身。
锣喤喤来鼓喤喤，守山郎子转回乡。

七、开坛酒

堂前休要断金鼓，炉中切莫断香焚。
断了金鼓从头起，断了香焚冷待神。

一莫忙来二莫忙，等我师郎穿衣裳。
身穿法衣戴红帽，头戴红冠拜君王。

一莫急来二莫急，等我师郎穿法衣。
身穿法衣戴红帽，头戴红冠拜众神。

锣师父来鼓师人，鼓锣二师听原因。
打锣也要轻锤打，打鼓听起锣锤声。

锣慢打来鼓慢敲，轻打锣鼓慢调音。
锣打中心鼓敲边，二人实在要宽心。

二帝君王你且听，闪开龙耳听原因。
今日主东酬良愿，酬谢华山五岳神。

路路高山也要走，行行路上也要行。
哪路高头走不到，枉费东家一片心。

吃茶要说茶根基，吃酒要说酒原根。
烧香要说香之理，点蜡要讲蜡之情。

吃饭要说古后吉，豆腐要记正南人。
吃茶要说唐僧降，吃酒要记杜康人。

吃茶字来讲茶根，唐僧西天去取经。
捡得三叶茶籽草，两片假来一片真。

谈酒字来说酒缸，造酒原来是杜康。
酒缸抬往海边过，醉倒四海老龙王。

【唱十二月酒】

正月造酒是新年，家家户户都团圆。
团圆美酒人人爱，梁山伯爱祝英台。

二月造酒过惊蛰，二月二日龙抬头。
老龙抬头保天地，天下的人都保佑。

三月造酒是清明，唐王地府去游魂。
看见许多阴兵将，顺手借钱送金银。

四月造酒正当忙，桥下认母仁宗王。
昔日仁宗不忍母，流传后世丑名扬。

五月造酒是端阳，屈原独醒跳罗江。
飞身跳下水波内，水顺尸逆转故乡。

六月造酒热快快，磨房受苦李三娘。
受尽千辛和万苦，一夜推磨到天光。

七月造酒立了秋，无的要偷有要收。
幽州陷害杨文广，八娘九妹去报仇。

八月造酒是收成，安子送米传有名。
三岁娃儿出门去，提米去送他娘亲。

九月造酒是重阳，登高望远杨六郎。
六郎把守三关去，杨家满门是忠良。

十月造酒立冬忙，秦王无道修城墙。
万里长城今还在，不见当年秦始皇。

冬月造酒冷清清，天下最苦是穷人。
十冬腊月很难过，一年四季受苦贫。

腊月造酒满一年，张公百忍挂堂前。
堂前挂了百忍字，留有百忍古名传。

户主造酒造得忙，造成米酒无人尝。
户主造酒造得急，造成米酒无人吃。
户主造酒造得甜，造成米酒来封坛。

奉请三传并两教，三坛两教降来临。
闻吾弟子来相请，与吾开坛一时辰。

奉请七千祖师主，宗本祖师降临来。
随吾身前并左右，随前随后来开坛。

奉请门中家先祖，家先等众都拢来。
随吾身前并左右，随前随后来开坛。

奉请祖师石法高，后代祖师石法旺。
随吾身前并左右，随前随后来开坛。

奉请祖师石法旺，尊公祖师石法高。
请来随吾并左右，随前随后来开坛。

师父头上说完了，此鞭高上有原根。
莫把师父长久唱，要把此鞭说分明。

此鞭不是非凡鞭，此鞭出自江南山。
江南大山出竹子，江南二山出紫鞭。
这边穿过那边山。

日里又出凉风吹，夜间又出冷风打。

又出凉风吹长大，冷风吹大长登天。

上有三十六节有用处，祈家作主保东君。
中有三十六节有用处，四方门下救良人。
下有三十六节有用处，收拾别鬼赶出门。

此鞭不是非凡鞭，此鞭出自江南山。
变作龙王来领酒，龙王领酒敬洞前。

此鞭不是非凡鞭，此鞭出自江南山。
变作龙王来领酒，龙王领酒献华山。

隔步酒来隔步缸，一里开坛十里香。
一家开酒三家醉，醉倒三家看见郎。

楼上醉倒汉高祖，楼下醉倒楚霸王。
北京醉倒大总统，四海醉倒老龙王。

隔步酒来隔步成，一里开坛十里闻。
一家开酒三家醉，醉倒三家看见人。

楼上醉倒汉高祖，楼下醉倒吕洞宾。
北京醉倒大总统，四海醉倒老龙神。

甜又甜来香又香，黄缸米酒掺蜂糖。
大的媳妇着甘草，二的姊妹掺蜂糖。
蜂糖掺在米酒内，风吹香气到娘娘。

又甜又香香又浓，米酒黄缸掺糖蜂。
大的媳妇着甘草，二的姊妹掺糖浓。
蜂糖掺在米酒内，风吹香气到公公。

甜又甜来香又香，黄缸米酒掺蜂糖。

蜂糖掺在米酒内,风吹香气到满堂。

八、唱下马酒

众神领了下马酒,领了下马酒三呈。
领了下马酒三献,保佑户主大发兴。

神娘领了下马酒,脸带桃花色色新。
酒醉饭饱了过后,户主发财又发人。

君王领受下马酒,红脸活像一朵云。
领了下马酒三献,保佑户主万年兴。

满堂领了下马酒,领了下马酒三巡。
人饱鬼醉大欢喜,户主发财又添丁。

三元盘古领了酒,户主白财进家门。
三元法主领了酒,横财进家滚不停。

三桥王母领了酒,双男贵子送上门。
三清大道领了酒,财发人旺万年春。

宗本祖师领了酒,交钱度纸上天门。
五路武猖领了酒,要替户主追良魂。

年堂功曹领了酒,传文奏书上天门。
家亡先祖领了酒,保佑儿孙坐安宁。

村头龙神领了酒,五瘟移送十方门。
当坊土地领了酒,保佑东家坐太平。

灶公灶母领了酒，天火地火免出门。
灶王菩萨领了酒，万代煮炊烟莫登。

门头老鬼领了酒，千年把住两扇门。
把门将军领了酒，恶鬼莫进东家门。

满堂神灵领了酒，酒吃三杯醉纷纷。
人人酒醉又饭饱，酒醉饭饱赐洪恩。

香蜡酒师领了酒，领了下马酒三呈。
领了下马酒三献，燃香点亮供神灵。

捶锣打鼓领了酒，领了下马酒三呈。
吃了下马酒三献，捶锣打鼓到天明。

厨官刀手领了酒，领了下马酒三呈。
领了下马酒三献，杀猪宰羊敬神灵。

黄腊叔伯领了酒，领了下马酒三呈。
领了下马酒三献，帮忙供奉五岳神。

姑娘姊妹领了酒，领了下马酒三呈。
领了下马酒三献，大家陪伴五岳神。

亲戚六眷领了酒，领了下马酒三呈。
领了下马酒三献，傩堂要笑靠你们。

众位师郎领了酒，领了下马酒三呈。
领了下马酒三献，行了一程又一程。

下马酒饭人人饱，个个吃得醉纷纷。
酒词唱到这里止，要唱傩歌陪神灵。

初顿首，初烧香，千同功果万同章。
石榴史有孔明进，一朵红云捧玉皇。

二顿首，受灯香，今日东主酬神灵。
今日信士酬恩后，仓满谷米库满银。

三顿首，三烧香，今日东主酬双皇。
今日信士酬恩后，仓满谷来库满粮。

信香一炷敬神灵，神灵保佑主东君。
保佑五男儿和女，双男贵子跳龙门。

信香二炷敬神灵，神灵保佑主东君。
保佑五谷和米价，前仓得满后仓登。

信香三炷敬神灵，神灵保佑主东君。
保佑猪羊牛和马，六畜牛马养成群。

黄荫正香炉内烧，香烟渺渺上天朝。
神娘领起香烟去，留恩赐福在今朝。

黄荫正香炉内装，香烟渺渺敬君王。
神公领起香烟去，然干在上保安康。

黄荫正香炉内焚，香烟渺渺上天门。
列位众神齐皆纳，然干在上保安宁。

一炷宝香插炉中，炉中插出九龙腾，
又有四龙归四海，五龙起驾五岳宫。

二炷宝香插炉台，炉中插出九龙翻。
又有四龙归四海，五龙得听在凡间。

三炷宝香炉内烧，炉中插出九龙跃。

又有四龙归四海，五龙得听在天朝。

五天五岳齐合会，六鳌海上驾出来。
七仙姊妹同歌舞，八保香烟标撑传。

二月桃花遍地红，红云一朵捧虚空。
空中降下神仙路，路入桃源处处通。

通天通地通仙殿，殿上官员坐重重。
重心叩许恩良愿，愿保东君人财隆。

一封书奏九重天，天界真主降法筵。
筵前敬献香花果，果供五岳圣主前。

前因叩许恩良愿，愿保东君福寿绵。
绵绵夫妻同到老，老来还祈我后嫌。

一世坛前大吉昌，二仙姊妹赴傩堂。
三桥王母兴富贵，四值功曹传书章。

五营兵马保安泰，六位朝王驾銮冈。
七千祖师金银进，八万猛将玉满堂。

唱不了的闲言语，比不尽的古前人。
毕下闲言且莫唱，急速打马往前行。

九、唱傩歌

【起唱】
满堂人众领了下马酒，领受下马酒三巡。
人人吃得纷纷醉，个个吃得醉纷纷。

领了下马酒三献，大家陪伴五岳神。

诸亲六眷你且听，闪开龙耳听言音。
你们今日来贺喜，贺喜主东敬神灵。

挑了担子来送礼，又送花红利什银。
财也多来礼也大，大财大礼送东君。

糍粑糖饼来贺喜，爆竹响了几时辰。
感谢你们看得起，主人领情记在心。

为了主人还傩愿，也为五岳众多神。
请得浓来吃得淡，礼仪不知半毫分。

粗茶淡饭相款待，主人无面见你们。
亲朋眷友送厚礼，千年万代不忘恩。
有歌请到傩堂唱，大家陪伴五岳神。

君王最爱瑶台酒，神娘最爱唱歌人。
有歌请到傩堂唱，傩堂唱歌陪神灵。

请到傩堂把歌唱，莫在山中闹树林。
高坡闹树树不长，平地闹草草不生。

轮一轮二轮流唱，摆一摆二摆流星。
春耕之人把歌唱，秋收万担转家门。

生意之人把歌唱，一本万利转回身。
年老之人把歌唱，头发白了又转青。

少年之人把歌唱，五路求财遇贵人。
读书之人把歌唱，逢考金榜定题名。

人上傩堂把歌唱，岁岁清吉坐太平。
请上傩堂把歌唱，哪位先生接起声。

堂前锣鼓响沉沉，傩歌赞唱一时辰。
两边坐下江南客，都是知文能武人。

请上傩堂把歌唱，傩堂唱歌陪神灵。
应该要把马来请，马前马后少人行。

应该要把书来请，又无纸笔带随身。
应该要把轿来请，缺少轿夫八个人。

粗言几句来相请，请得不到莫怒心。
请上傩堂把歌唱，陪伴五岳到天明。

【接唱】
师父唱了我接声，无文接住有文人。
花逢春风开得好，蜜蜂飞来采花粉。

好似蜜糖甜得好，吃在口来甜在心。
挑柴遇着沉香木，挑水遇着海龙神。

昨夜梦见龙行雨，今日得会老先生。
听你歌词唱得好，出口成章少人能。

好比三国曹子建，七步成诗诗成文。
本是书香的子弟，顺口犹如笔写成。

边唱歌言边害怕，唱得不好莫笑人。
我把歌言刹下音，哪位贤兄接起声。

[唱还傩愿原根之一]
无人接声我接声，贱人接住贵人音。

大家歌言唱得好，唱得傩堂神开恩。

人人听了心欢喜，满堂听了笑盈盈。
又唱仁来又唱义，又唱古来又唱今。

不唱前朝并后汉，单唱傩堂的原根。
讲的伏义两兄妹，救了世上许多人。

远古时代涨洪水，满天洪水灭人伦。
剩下伏义两兄妹，葫芦瓜内去藏身。

洪水消退见地面，地上没有人烟行。
普天之下没人坐，天下没有第三人。

左思右想了无计，愁眉交错苦在心。
二人只有定终身，兄妹无计配成婚。

便将石磨滚下地，两扇合一作盟证。
成婚之后生儿女，儿女又来生子孙。

繁衍人类多种姓，五湖四海许多人。
我们追思理根源，水有源头木有根。

知恩报恩是君子，有恩不报枉为人。
三年一兴还傩愿，双猪双羊谢神恩。
这段根源唱完了，丢下歌声送你们。

[唱还傩愿原根之二]
贤兄唱了我接声，无文接住有文音。
无人接歌我来唱，自己接歌自己人。

万丈高楼平地起，水有源头木有根。
要唱五岳的根基，堂前歌唱一时辰。

捡话我也来说话，从前作古古传今。
定丰元年六月六，皇天下雪一丈深。

高坡下雪一丈二，平地下雪一担平。
日晒雪化洪水涨，满天洪水淹万民。

海水登天深万丈，冲垮龙王桥中心。
冲断龙王桥一座，飘到东洋大海存。

飘到东洋大海去，惊动东海龙王神。
龙王当时闻知后，忙差夜叉取木人。

龙王取木有用处，忙请鲁班立一营。
子时打墨丑时解，寅时交起把香焚。

烧香三炷来奉敬，再拿木桥造床身。
龙女床上得一梦，梦见五人在高停。

忙请国师来圆梦，国师圆梦圆得成。
国师方把梦来解，五人便是五岳神。

岳王自相婚配后，盘儿养女满乾坤。
后人才把岳王敬，此是敬傩的原根。

[唱户主还傩愿]
堂中不要断歌声，堂内不要断香灯。
断了歌声要接起，断了香灯马上焚。

因为户主还傩愿，诸亲六眷陪神灵。
要陪神灵把歌唱，轮一轮二不住停。

二帝君王当厅坐，三请大道坐当厅。
众神饮了下马酒，敬了斋神敬荦神。

王字点头作了主，土字旁申镇乾坤。
东家户主有灾难，才来酬谢这堂神。

年中选月月选日，黄道吉日酬神恩。
八字骑刀分开路，先有主来后有宾。

饮过户主下马酒，要与东家保安宁。
先把户主情由唱，不敢唱错半毫分。

因为信士不安泰，十处栽花九凋零。
选朵莲花肥地插，又被黄虫咬了根。

栽种五谷多不收，年年岁上受灾星。
猪羊牛马多不旺，六畜般般难长成。

东去求财不顺手，西去谋事不顺情。
千操心来万操心，一年操心到如今。

操心不为别一事，操心只为这堂神。
户主操心天为大，选缸愿酒海样深。

诚心还了鸿恩愿，双皇保佑得宽心。
合家大小得清吉，东家安乐值千金。

男女老少多清泰，万般怪异远离门。
耕者年年收地利，读者个个榜有名。

家眷人人得清泰，人口位位享太平。
老者添福又添寿，少者添子又发孙。

男儿七岁官星现，女儿七岁受皇恩。
今日还了这堂愿，财也发来人也兴。

一年还愿三年好，加上六年旺九春。
从今还愿了过后，大富大贵到子孙。

东去求财东得宝，南西北方遇贵人。
财来好似涨大水，畜如春日草木生。
天增岁月人增寿，春满乾坤福满门。

[又唱户主还傩愿]
满堂众神你且听，闪开龙耳听言语。
今日主东酬良愿，酬谢华山五岳神。

路路高山也要走，行行路上也要行。
若有哪行走不到，枉费东家一片心。

东家打鼓酬良愿，不是打鼓贺新春。
因为家下有灾难，十处栽禾九不生。

莲花插在肥地里，却被黄虫咬了根。
耕种五谷多不顺，年年歉收不顺情。

猪羊牛马总不旺，六畜般般长不成。
东去求财不顺手，西去求米不顺情。

百般鬼怪作殃祸，夜梦不祥到家门。
一来因为有灾难，疾病染作在其身。

吃了良药不见效，病情难脱半毫分。
病患在床多日久，地久天长难脱身。

一日指望一日好，路长久远到如今。
高坡降妖妖不退，平地祈福福不临。

西天拜佛路又远，十万八千路难行。

上去投天天无路，下来投地地无门。

合家大小来商议，叩许五天五岳神。
五岳华山神有感，有求必应自然灵。

从今信士酬恩后，所有灾难全脱清。
当初许愿茶来敬，如今还愿宰三牲。

当初许愿人一个，如今还愿满六亲。
信士夫妻来商议，才来请到弟子身。

我娘当初生下我，把我送进玉皇门。
我身行了玉皇教，理当来敬五岳神。

交钱度纸交得过，叫得应来喊得灵。
出坛三声牛角响，五营兵马随我身。

兵马来到傩堂内，护法演教保太平。
二位灵皇登了殿，一路辛苦下凡尘。

请客无茶不成礼，敬神无酒不诚心。
奉请玉皇两姊妹，龙庭高上把酒饮。

领受信香三宝烛，科马钱财并疏文。
长台师椅当堂摆，桌台椅凳摆当厅。

金纸银钱来呈献，吊挂满堂供奉神。
黑猪二口来进贡，白羊二只谢皇恩。

水化豆腐来敬神，斋筵果供谢皇恩。
军粮马料敬奉你，灯花蜡烛来谢神。

白旗两面敬奉你，洞门三个敬神灵。

黄箔锡纸来奉献，纸马钱财敬得清。

金标银标来进贡，二十四标谢皇恩。
敬神求神来保佑，保佑我家发满门。

先保家中公和婆，吉星高照福寿星。
寿比南山松不老，福如东海水常清。

再保信士财和宝，家道兴隆百事兴。
三保一家男和女，添福添寿乐长春。

皇王保佑家财旺，驾马扬鞭上北京。
六畜牛马多兴旺，长来长往耕阳春。

早放山中吃青草，下河饮水似龙神。
五谷丰登年年好，前仓得满后仓登。

今年强过往年好，人财两旺在家门。
五谷六畜保得好，摇头摆尾往前行。

家喂鸡财事事顺，五更报晓凤凰声。
金钱银钱保得好，退瘟退疫免灾星。

天瘟退送天堂去，地瘟退送地狱门。
麻衣孝服退出去，再不转回东家门。

保财保米保得好，保前保后保得清。
保得清来保得明，保得久来保得宁。

保得千年发万代，万代繁荣坐长春。
从此信士酬恩后，千年万代坐太平。
歌言唱到这里止，哪位先生又接声。

十、求子歌

金炉宝香起青云，明灯结彩照光明。
锣慢打来鼓慢敲，轻敲锣鼓慢调音。

遍地装成金世界，满堂化作玉乾坤。
金洞银洞交与你，满堂呈献五岳神。

户主打鼓酬良愿，户主敬神求子孙。
户主诚心来敬谢，诚心感动五岳神。

师郎今把情由唱，听诉凡民一段情。
笙歌嘹亮朝金阙，三呼万岁见当今。

小臣和起东君主，奏上君王得知音。
今日信士来参拜，求赐长生贵子孙。

一拜圣神当厅坐，二拜满堂齐降临。
三拜送子王母娘，参拜东南二圣尊。

华山五岳齐叩拜，求赐麒麟送东君。
三拜九叩拜完毕，跪在凡尘不起身。

金阶沿下臣谢罪，慢慢抬头见帝君。
鸣角鼓锣惊天地，求赐长庚贵子孙。

启建功曹传文请，恭迎圣驾到来临。
公公离了华山殿，娘娘离了牡丹亭。

双凰云中扶辇下，六鳌海上驾山临。
瑞日彩云天垂罩，仙风吹降下凡尘。

凡居化作金世界，迎请双皇登殿门。
此处便是桃源洞，迎请神驾光降临。

三位神灵驾到此，求赐子孙降麒麟。
神仙难遇张果老，佛仙难遇吕洞宾。

贵人难遇三世老，贵神难遇二尊神。
太阳再远天天见，二皇再近烟为云。

今朝得见双皇面，要听户主一段情。
儿不哭来母不知，师郎不述神不明。

吃茶要讲茶根底，吃酒要说酒原根。
栽花要讲花之语，点蜡要讲蜡情话。

口含砂糖有滋味，耳听黄莺有巧音。
停兵山前有鹃啼，主意祝神有善心。

夫妇跪在尘埃地，苦难诉上二尊神。
不为天来不为地，不为阳来不为阴。

一不叩天求下雨，二不求神赐黄金。
三来不为田和地，不为官讼两件情。

不为求财做买卖，不为求官去考文。
不为南山打猛虎，不为东海见龙神。

千事万事都不为，单为擎天柱一根。
婚配多年不见现，并无子嗣在家门。

信士等盼多日久，天宫不见赐麒麟。
玉种蓝田荒芜子，空过几旬锦绣春。

为人坐在天底下，哪个不愿有儿孙。
不求金玉重重贵，但愿儿孙个个能。

不说儿女犹自可，说起儿女愁煞人。
家有金银要人受，有田有地要人耕。

家有良田千万亩，但求贵子接香灯。
朝中为王靠文武，为人在世靠子孙。

田靠犁耙人靠子，灯草靠油君靠臣。
十八九岁无儿女，正是青春年少人。

二十三四无儿女，还是青年好后生。
三十几岁无儿女，早操心来夜操心。
四十几岁无儿女，好比刀割一片心。
男人到了四十岁，女人三十又有零。

二人排来七十岁，乱篙打狗平半分。
金盆打水来相照，容颜不比二八春。

天地山河千古在，人生能有几十春。
花开花谢年年有，日月如梭催老人。

光阴似箭催人老，唯有白发不让人。
少年无子容易过，老来无子靠何人。

人生在世难免死，好比风前一盏灯。
若是身染灾和难，倒在眠床难起身。

有儿有女有人奉，糖食茶水送将临。
无儿无女多磨难，要口水喝也不能。

眼前许多孤寡老，十磨九难可怜人。

呜呼哀哉之日到，谁做披麻执杖人。

灵枢发出山野去，父母无人哭一声。
葬后无人来祭扫，青草乱木坟上生。
清香无人烧一炷，破纸无人化一文。

虽然留有田和产，房族叔侄众均分。
你夺田来我争地，争田夺地不和平。

人人只顾争田产，哪有一个来祭坟。
这段苦情都知道，还有一段诉上听。

别人家中多有子，信人家内冷清清。
信人行到别家看，人家儿女闹沉沉。

娘哄儿来爷哄女，拖拖拉拉闹不停。
讲的讲来笑的笑，一团和气好宽心。

儿女团圆谁不爱，五行八字命生成。
信人回到家内看，只见老婆一孤身。

前无男来后无女，想来枉做世上人。
左思右想多烦恼，到处游玩散散心。

行从桃李园中过，桃红李白花花芯。
桃李花开多结子，共乐一年锦绣春。

行从梧桐树下过，喜鹊起巢闹沉沉。
翔而后集来抱蛋，生子报答乳哺恩。

鲤鱼生子三汉浪，后来只望跳龙门。
行从高峰山岭过，野兽山鹿闹树林。

看见许多天下事，果然无物不生春。
世间事事皆如此，何况凡间世上人。
这段情由难表尽，且把古人说几声。

文公当初没儿子，雪拥蓝关马不行。
禄卖当初没儿子，老来孤寡受欺凌。

为帅全靠兵和将，为人全靠子和孙。
唐朝若无薛仁贵，万里江山坐不成。

仁贵尚无定山子，哪得平抚西辽人。
宋朝若无六郎将，大破辽兵靠何人。

世上为人全靠子，王祥为母卧寒冰。
董永卖身去葬父，孟宗哭冬竹生笋。

夫妇婚配历年久，没有子嗣在门庭。
半生好比张果老，独人无伴在空云。

好比月中娑椤树，一根独树不成林。
好比映山花一朵，有花无子最伤心。

好比冬山木叶枝，焦焦枯枯在孤林。
有日又遭雪霜累，干柴树腐被火焚。

思想万般皆苦事，不愁人来也愁人。
千思万虑无出路，日夜不眠苦在心。

上去投天天无路，下来投地地无门。
西天投佛路又远，十万八千路难行。

又想南海拜菩萨，南海波涛水又深。
朝山拜佛为儿女，修桥铺路为子孙。

左思右想无计策，想到华山神有灵。
五岳若没有感应，天下明山谁点灯。

当初户主许良愿，蒙神庇佑得安宁。
如今信士还恩愿，求请五岳赐麒麟。

今请二皇驾到此，请向台前告禀情。
二皇坐在华山殿，威灵显应救凡民。

今宵得见双皇面，求往天宫走一巡。
叩禀皇天玉帝主，恩赐麒麟贵子孙。

东岳有本长生簿，南岳有本子孙文。
神娘打开子孙簿，点个贵子送东君。

哀求点个长庚子，伶俐聪明管万民。
双皇赐下长庚子，长庚贵子跳龙门。

信士焚香相等候，望皇堂上赐麒麟。
我皇恩开慈悲眼，娘娘发动恻隐心。

自古二皇多灵验，香烟供奉到如今。
千处求你千处应，万处求你万处灵。

无子之人叩动你，赐他贵子跳龙门。
闲言碎语唱不尽，要把竹筶断分明。

不打筶头人不信，好筶落地报佳音。
阴间只把香为证，阳间要把筶为凭。

空说无凭人不信，抛下良筶作证明。
二皇赐下麒麟子，阴筶落地报分明。

若是命中该孤老，神筶落地在中心。
若是命中隔神煞，阳筶落地报凡人。

三副筶头约断了，莫差阳来莫差阴。
差阴差阳筶不真，不准人讲神不灵。

叩动本坛祖师主，要做判卦掌筶人。
请到坛前来掌筶，切莫差错半毫分。

再三不必多嘱咐，暗里扶持神有灵。
叩动祖师筶有准，万代香火旺通行。

手拿筶子不敢打，口口求问众神灵。
天地阴阳来作证，堂中人众作证明。

打筶郎子未曾到，捡筶郎君未曾行。
金童玉女来扫地，判卦仙师下凡尘。

阳人讲话三道准，神求三筶尽了情。
手上筶子抛落地，早落黄金夜落银。
求神打下阴竹筶，赐下麒麟送东君。

当堂打了阴竹筶，户主有望得子孙。
筶子来问年和月，年月高上报分明。

若是明年得见生，某一年内赐麒麟。
请把神筶抛下地，阴阳莫差半毫分。
若是后年得见生，某两年内赐麒麟。
请把神筶抛下地，神筶落地报分明。

【谢恩】

一谢东山圣帝公，保佑户主人财隆。
二谢南山圣母娘，保佑户主人财旺。
三谢三清并大道，保佑户主人财好。

谢得好来发得好，发千发万不得了。
谢得明来发得登，发千发万万万春。

磕头礼拜谢完了，翻身恭贺主东君。
从此东君酬恩后，福禄寿喜一满门。

千贺喜来万贺喜，贺喜神灵保佑你。
弟子今日执筶后，增寿添福乐兮兮。

你平安来我平安，师郎福寿广无边。
你清吉来我清吉，富贵荣华大吉利。

求子讨筶周完毕，二人退走两帝去。
两旁住了锣和鼓，大众人人得清吉。

十一、傩标歌

锣沉沉来鼓沉沉，合会郎子赴傩坪。
锣喤喤来鼓喤喤，合会郎子赴傩堂。

天合地来地合天，岩合土来土合岩。
天地合来风雨顺，岩土合来百草生。

夫妇合来生贵子，朋友合来也长情。
父子合来家不退，阴阳合来万物生。

一合国正天心顺，二合官清民自安。
三合妻贤夫祸少，四合子孝父心宽。

锣沉沉来鼓沉沉，采标郎子转回身。
锣喤喤来鼓喤喤，进标郎子赴傩堂。

红标引进一重二重门，三重四重门，
切记一代二代子齐三元将军四元枷栲把住门。
切记一代二代子齐三元将军四元枷栲带吾去。
红标进上要分明。

把住华山为何鬼，何人法师进红标。
进标不过茶中酒，合标不过撒马粮。
马粮撒上兀根子，师郎将军进红标。

红标引进五重六重门，七重八重门。
切记子齐五营兵马六丁六甲，七仙姊妹八大金刚把住门。
切记子齐五营兵马六丁六甲，七仙姊妹八大金刚带吾去。
红标进上要分明。

把住华山为何鬼，何人法师进红标。
进标不过茶中酒，合标不过撒马粮。
马粮撒上兀根子，师郎将军进红标。

红标引进九重十重门，十一重十二重门。
切记子齐九天玄女十记十人，铜面铁面将军把住门。
切记子齐九天玄女十记十人，铜面铁面将军带吾去。
红标进上要分明。

把住华山为何鬼，何人法师进红标。
进标不过茶中酒，合标不过撒马粮。
马粮撒上兀根子，师郎将军进红标。

隔家看见石牌楼，八个仙人扯绣球。
东边扯到西边转，不是姻缘不昌求。

八十婆婆看花园，花开花谢年年有。
人老何时转少年。

八十公公八十八，八十公公放吊筒。
不钓鲤鱼当救龙。
钓得鲤鱼街上卖，救得老龙转水中。

八十公公八十八，八十公公养一娃。
人人说他本生小。
后来长大管长沙，笑死长沙万万家。

八个仙人八个仙，八个仙人打秋千。
东边打倒西边转，不是姻缘不昌签。

懒惰的人懒上山，抬把犁口看青天。
不做的人多半有，肯做总有粮半年。

祖师领兵天上过，本师领兵地下行。
堂前打动锣和鼓，擂鼓三通转回身。

红标进了一十二个桃源洞，要转一十二个桃源门。
三魂七魄随身转，擂鼓三通转回身。

回到十二桃源洞，转到十一桃源门。
回到第十桃源洞，转到第九桃源门。
三魂七魄随身转，擂鼓三通转回身。

回到第八桃源洞，转到第七桃源门。
回到第六桃源洞，转到第五桃源门。
三魂七魄随身转，擂鼓三通桃源门。

回到第四桃源洞，转到第三桃源门。
回到第二桃源洞，转到第一桃源门。
三魂七魄随身转，转到堂屋之中神。

神娘打开金仓银仓领你红标去。
红标交与桃源洞，红标交与桃源门。
领标要打阳竹筶，开户阳卦领红标。

君王打开金仓银仓领你红标去。
红标交与桃源洞，红标交与桃源门。
领标要打阴竹筶，五阴落地领红标。

满堂师父打开金仓银仓领你红标去，
红标交与桃源洞，红标交与桃源门。
领标要打神竹筶，众凭神筶领红标。

何人吹火才得燃？癫子吹火才得燃。
此标高上化红火，红火高上起青烟。
烟雾腾空上九天。

此标打你主东头上传三道，四方门下听得高。
腰中传三道，变作龙王旋你腰。
脚下传三道，四方门下走得高。

此标打我弟子头上传三道，四方门下听得高。
腰中传三道，变作龙王旋我腰。
脚下传三道，四方门下走得高。

一对二对标头交与主东手，手手拿在手当清。
拿在手中有用处，你去插在床上去。
双男贵子跳龙门。

三对四对标头交与主东手，手手拿在手当清。

拿在手中有用处，你去插在米桶内。
一年春冬四季常时满冬冬。

五对六对标头交与主东手，手手拿在手当清。
拿在手中有用处，你去插在牛栏去。
六畜牛马养成群。

七对八对标头交与主东手，手手拿在手当清。
拿在手中有用处，你去插在田坎上。
你不耕田自己烂，你不犁土自然成。

九对十对标头交与主东手，手手拿在手当清。
拿在手中有用处，你去插在大门内。
早落黄金夜落银。

一个早晨落四两，两个早晨落半斤。
三朝两日不去捡，碗大珍珠塞后门。

就有两对不谢你，留做车前马后人。
一留长命并富贵，二留盘缠转回身。

主东听来主东听，拿了标傩听分明。
你把标头交与我，半夜之时斩仇人。

十二、开洞神歌

藏我身来变我身，大树丛中去藏身。
风吹树叶会会动，不知哪叶是我身。
藏身不为别一事，藏身要开桃源门。

藏我身来变我身，铁牛肚内去藏身。

放棍打牛牛不动，放火烧牛牛不行。
藏身不为别一事，藏身要开桃源门。

藏我身来变我身，百草堂中去藏身。
风吹百草片片动，不知哪片是我身。
藏身不为别一事，藏身要开桃源门。

藏我身来变我身，犀牛肚内去藏身。
藏在五湖并四海，别神别鬼不见身。
藏身不为别一事，藏身要开桃源门。

藏我身来变我身，九霄云雾去藏身。
风吹云雾会会动，不知哪朵是我身。
藏身不为别一事，藏身要开桃源门。

藏我身来变我身，法堂宝殿香炉水碗去藏身。
我身变作一颗米，我身变作一根针。
人来不见鬼不明。

脚步高，步步高，脚踏云雾上九霄。
奉请三传并两教，三坛两教降来临。
闻吾弟子来相请，与吾开洞一时辰。

奉请师父齐来到，奉请师尊降来临。
齐来到是降来临，与吾开洞一时辰。

打开上洞桃源双匙锁，双匙双锁开桃源。
打开上洞门两扇，打开上洞两扇门。

打开上洞桃源一洞鬼，又开上洞桃源一洞神。
开洞不请别何鬼，二十四戏请出门。

打开中洞桃源单匙锁，单匙单锁开桃源。

打开中洞门两扇，打开中洞两扇门。

打开中洞桃源一洞鬼，又开中洞桃源一洞神。
开洞不请别何鬼，二十四戏请出门。

打开下洞桃源倒匙锁，倒匙倒锁开桃源。
打开下洞门两扇，打开下洞两扇门。

打开下洞桃源一洞鬼，又开下洞桃源一洞神。
开洞不请别何鬼，二十四戏请出门。

探子神来探子神，你替户主探天瘟。
先锋神来先锋神，你替户主扫天瘟。

探子神来先锋神，东家文书相迎请。
请来坛上领良因。

二神请出三门外，略略停住二三辰。
请到五庙山头停住马，去时一路转回身。

一步驾云走如马，驾马云雾走如云。
三步转到华山殿，转来又请众神灵。

开山神来开山神，你替户主砍天瘟。
大将神来小将神，你替户主背天瘟。

大将神来小将神，东家文书相迎请。
请来坛上领良因。

二神请出三门外，略略停住二三辰。
请到五庙山头停住马，去时一路转回身。

八郎神来八郎神，你替户主喊财门。

和尚神来和尚神，安龙谢土是正神。

八郎神来和尚神，东家文书相迎请。
请来坛上领良因。

二神请出三门外，略略停住二三辰。
请到五庙山头停住马，去时一路转回身。

土地神来土地神，你替户主耕阳春。
勾愿神来勾愿神，钩良勾愿是正神。

土地神来判官神，东家文书相迎请。
请来坛上领良因。

二神请出三门外，略略停住二三辰。
请到五庙山头停住马，去时一路转回身。

一步驾云走如马，驾马云雾走如云。
二步转到华山殿，转来要锁桃源门。

一锁上洞桃源双匙锁，双匙双锁锁桃源。
钥匙挂在两边排，钥匙不到锁不开。

锁了上洞桃源鬼，又锁上洞桃源神。
锁了上洞门两扇，又锁上洞两扇门。

二锁中洞桃源单匙锁，单匙单锁锁桃源。
钥匙挂在两边排，钥匙不到锁不开。

锁了中洞桃源鬼，锁了中洞桃源神。
锁了中洞门两扇，又锁中洞两扇门。

三锁下洞桃源倒匙锁，倒匙倒锁锁桃源。

钥匙挂在两边排，钥匙不到锁不开。

锁了下洞桃源鬼，又锁下洞桃源神。
锁了下洞门两扇，锁了下洞两扇门。

来时我跟王母娘娘借钥匙，去时我跟王母娘娘退钥匙。
钥匙挂在两边排，钥匙不到锁不开。

一步驾云走如马，驾马云雾走如云。
二步转到华山殿，转来辞别五岳神。

一辞东山神帝公，白马云中一路同。
二辞南山神母娘，白马云中一路行。
三辞三清并大道，白马云中一路遥。

辞别满堂众位亲，唱得不好莫笑人。
谁人背后无人说，哪个人前肯说人。

辞别傩堂香蜡师，耐烦服侍这堂神。
辞别陪伴鼓和锣，二人慢打长声鼓。
白马云中笑呵呵。

唱去唱来口又干，摇去摇来脚又酸。
口又干来脚又酸，跟你主东讨船钱。

华山也要路费走，过水也要水船钱。
不烧是纸烧是钱，来了一年保万年。
不烧是纸烧是银，来了几代不回身。

将军跳下马，各自奔前程。
当日许愿叩动我，我在桃源洞内听。
如今还愿请到我，我来坛上领良因。

莫恋场来莫忘场，天也忙来地也忙。
莫在傩堂贪玩耍，外头勒马闹扬扬。

马在门前披鞍蹬，船在江边要起身。
双脚跳上高头马，风吹马尾骑仙人。
双脚跳在法船上，船开不念后头人。

来有鸣角相迎请，去有鼓锣奉送神。
出门放起三连炮，双吹双打我起身。

开洞不到愿不长，来了一堂准千堂。
开洞不到愿不明，来了几代不回身。
开洞回转桃源洞，探子又入桃源门。

十三、探子神歌

日头落岭不见天，探子探子出洞来。
探得实情回马报，岳王上神保平安。
吾乃华山殿上探子小神是也！

探子探子娃娃神，探子娃娃出洞门。
从小不得娘杯奶，全靠露水养成人。

开洞大神开洞后，岳王叫我先出门。
一路出门悄悄去，要去凡间探傩坪。

一来要探人和地，二来要探鬼和神。
三来要探瘟和疫，四来要探假和真。

探子出门土遁去，土府界内任我行。
戊己四库遁走过，阴阳不见我行程。

探子出门水遁去，水府界内任我行。
壬癸亥子龙宫过，龙王见我笑盈盈。

探子出门木遁去，万里森林任我行。
甲乙寅卯木宫走，万里之路一脚行。

探子出门金遁去，坚硬金属任我行。
庚辛申酉宫内走，如光如电如风云。

探子出门火遁去，一见火光任我行。
丙丁午巳宫内走，不觉来到东家门。

锣沉沉来鼓沉沉，左边探来右边听。
打探是真还是假，打听是假还是真。

探子我从辰州过，探得婆娘开当铺。
一个婆娘当三文，一女当得三个夫。

探子我探到泸溪，看见女人在洗屄。
探子忙看洗什么，低头一下挨一槌。

探子打探到乾州，看见公狗扯母狗。
一双两对扯不脱，扯去扯来一路走。

探子一探到坡头，看见有人在搞事。
这是千年的古怪，扯起脚来忙忙走。

探子打探到湖南，天也宽来地也宽。
真是一个好去处，乐坏桃源洞八仙。

左一探来右一探，过了一山又一山。
来到东家门对面，探子急急忙问开。

门头老鬼知我到，把门将军知我来。
急忙关门不让进：何处小神到此间？

有请恭请到傩坪，无请勒马转回身。
有请茶请进傩堂，无请勒马转回乡。
有请恭请，无请勒马回身！

三十三天雾沉沉，跳在九霄云雾行，
三步云车两步马，飞云走马到傩坪。

进了东君三重门，主人从此免灾星。
天瘟地气探出去，天灾地难探出门。

探子神来探子神，要替户主探天瘟。
天瘟探归天堂去，地瘟探送地狱门。

探得地瘟归地府，豆瘟探送豆娘人。
五瘟百鬼探出去，再不来扰主东君。

早梦不灵探出去，夜梦不祥探出门。
哭声喊号探出去，披麻戴孝探出门。

官非口嘴探出去，官司口舌探出门。
失财破米探出去，麻元怄气探出门。

病床多久探出去，眠床多日探出门。
千年不许回头转，万代不准进家门。

探子进堂送儿女，探神进屋送子孙。
金银财宝送户主，前缸得满后缸登。

六畜牛马送户主，猪羊牛马满栏门。
来年发旺进财喜，横财累累上家门。

探子神来探子神，收我衣禄上保身。
一收长命送富贵，延年增寿坐太平。

探子神来探子神，本是聪明伶俐人。
岳王看我多伶俐，封我做个探子神。

探子神来探子神，探子探去到五营。
探子郎来探子郎，探子探去到五方。

探子探子探上东，东方神鬼走虚空。
探子探子探上南，南方神鬼远离开。
探子探子探上西，西方神鬼走远离。
探子探子探上北，北方神鬼走不扯。
探子探子探上中，中央神鬼永无踪。

天瘟探归天堂去，地瘟探送地狱门。
麻瘟探归麻山去，豆瘟探送豆娘人。

天瘟地气探出去，天灾地难探出门。
天火地火探出去，阴火阳火探出门。

病床多久探出去，眠床多日探出门。
灾难祸害全探走，不留别鬼在家门。

前门探个招财路，后门探个路进财。
横财累累上家来。

探进金来探进银，探进金银和宝贝。
前缸得满后缸登。

探进猪羊牛和马，六畜牛马养成群。
探进五谷并米价，前仓得满后仓登。

探进五男儿和女，双男贵子跳龙门。
探进衣禄和饭碗，坐得千年万万春。

有福之人莫探多，探得多了没处着。
有福之人莫探长，探得长来没处装。
探得多少统莫怪，满户金环莫怒心。

一辞东山神帝公，白马云中一路同。
二辞南山神母娘，白马云中一路行。
三辞三清并大道，白马云中一路遥。

辞别满屋众位亲，唱得不好莫笑人。
谁人背后无人说，哪个人前肯说人。

辞别陪伴鼓和锣，二人慢打长声鼓。
白马云中笑呵呵。

辞别拿壶香蜡师，耐烦服侍这堂神。
又烧香来又点蜡，燃香点亮到天明。

唱去唱来口又干，摇去摇来脚又酸。
口又干来脚又酸，跟你主东讨船钱。

华山也要路费走，过水也要水船钱。
不烧是纸烧是钱，来了一年保万年。
不烧是纸烧是银，来了几代不回身。

将军跳下马，各自奔前程。
当日许愿叩动我，我在桃源洞内听。
如今还愿请到我，我来坛上领良因。

莫恋场来莫忘场，天也忙来地也忙。
莫在傩堂贪玩耍，外头勒马闹扬扬。

马在门前披鞍蹬，船在江边要起身。
双脚跳上高头马，风吹马尾骑仙人。
双脚跳在法船上，船开不念后头人。

来有鸣角相迎请，去有鼓锣奉送神。
出门放起三连炮，双吹双打我起身。

探子不到愿不明，来了几代不回身。
探子不到愿不长，来了一堂准千堂。

探子回转桃源洞，又到开山出洞门。
探子回转到桃源，又到开山出洞来。

法事做到这里止，要辞主人回洞门。
金银财宝烧一会，飞车驾马转回身。

十四、先锋神歌

日头落岭夜黄昏，先锋本是夜游神。
本来不是花柳客，花花世界果迷人。

一朝天子一朝臣，男人装作女人身。
本是男人穿裤子，偏作女人穿花裙。

我的桃源宽心坐，白旗先锋坐宽心。
一封文书来相请，请我先锋出洞门。

正月门前好风光，二月芙蓉花草香。
三月本是清明节，四月家家插早秧。

五月龙船拖下水，六月姜女晒衣裳。
七月目连盂兰会，八月十五雁回乡。

九月重阳造米酒，十月霜打草头黄。
冬月猴儿盘果子，腊月鸡叫到天光。

一十一月文书来相请，一十二月装扮先锋娘。
本是男人穿裤子，偏作女人巧梳妆。

坛前锣鼓响沉沉，门外装扮先锋神。
坛前锣鼓响喤喤，门外装扮先锋娘。

我的桃源宽心坐，白旗先锋坐宽心。
一封文书来相请，请我先锋出洞门。

今晚先锋出洞门，搅乱黄河水不清。
功曹引路前头走，先锋驾马随后行。

先锋神来先锋神，游游元元出洞门。
先锋娘来先锋娘，游游元元出洞房。

桃源有个蛤蟆岩，铁练桃船走清滩。
清滩一上走清郎，眼望辰州闹扬扬。

清郎一上走辰州，辰州坐个五龙头。
辰州上来有三湾，泸溪门对秤砣山。

泸溪门对虎头礁，上坡门前不解轿。
水打长潭烂如油，大小背留在前头。

车轿三台坐三坡，哥恋妹来妹恋哥。
哥哥恋妹年纪小，妹妹恋哥莫奈何。

水流河中清如油，轮胎急水往东流。
从此往上走一阵，黄土筑墙是乾州。

进了东门出西门，抬眼看见桐油坪。
东门进，西门出，走到上头狮子庵。

寨阳坐在牛形地，坪郎好个养鹅坪。
上坪郎来下坪郎，双手扒船要渡江。

走到归进歇一歇，两半苗子一半客。
一路跟着河上走，矮寨就到坐头里。

矮寨坐在两叉河，不知要走大河并小河。
大河小河我不走，必然要上补求坡。

要上坡，本也难，上了一湾又一湾。
晓得受苦我不来。

要上坡，本费力，上了一坡又一坡。
晓得受苦我不行。

补求坡头风又急，没个歇处没水吃。
登了坡，解了轿，前头走到岩板桥。

急急走，忙忙行，杨盂坐在面前程，
急急走，忙忙来，此间走到排碧街。

如今排碧搬了场，排碧街上闹扬扬。
排碧街下我不走，走上排碧土地堂。
土地跟我要纸钱，我跟土地要婆娘。

过了土地走一程，勾肉坐在面前停。
我往勾肉寨边走，洞冲坐在当面前。

来到对门闻听锣鼓响，响喤喤。
不知东君何处坐，这家会是东家郎。

来到对门闻听锣鼓响，响沉沉。
不知东君何处坐，这家会是我东君。

左一看来右一看，主东坐个好屋田。
哪位先生照顾你，九天玄女下罗盘。

左一望来右一望，主东坐个好屋场。
哪位先生照顾你，白鹤仙人断阴阳。

左边起个牛栏殿，右边起个马栏房。
起个牛栏牛成对，起个马栏马成双。

要得来时不得来，门头老鬼把门关。
要得进门不得进，门头老鬼关了门。

左边把门秦叔宝，右边把门敬德君。
秦叔宝来敬德君，唐王委你把门神。
你是千年把门鬼，为何把我先锋门？

有请恭请进傩坪，无请勒马转回身。
有请恭请进傩堂，无请勒马转回乡。

要得来时也得来，门头老鬼把门开。
要得进门也得进，门头老鬼开了门。

左手打开门两扇，右手拍开两扇门。
左手开门金鸡叫，右手开门凤凰声。

左脚进门送贵子，右脚进门送子孙。
左脚进门送财宝，右脚进门送金银。

左脚进门送牛马，六畜牛马养成群。
右脚进门送米价，前仓得满后仓登。

三岁娃儿远远开，先锋勒马赴傩来。
三岁娃儿远远分，先锋勒马赴傩坪。

叫你开来你快开，马脚伤你喊连天。
叫你分来你快分，马脚伤你喊连声。

三十三天雾沉沉，落在九霄云雾里。
三步云车两步马，飞云走马到傩坪。

三十三天雾冬冬，落在九霄云雾中。
三步云车两步马，飞云走马到傩中。

进了东家一重门，看见神。
琉璃瓦屋挂对子，门神贴在两边门。

进了东家二重门，看见神。
黄犬一对滚草堆。
别人看见稀奇事，左边狮子右麒麟。

进了东家三重门，看见神。
鸡公一对啄雄兵。
别人看见稀奇事，双凤朝阳闹当厅。

进了东家四重门，看见神。
东有人来西有人。
东边有人张果老，西边有人吕洞宾。

进了东家五重门，看见神。
岳府爷爷坐当厅。
岳府爷爷当厅坐，灯花蜡烛亮晶晶。

自从不到傩堂内，君王要我说原根。
葫芦有根话有把，水有源头木有根。

万丈高楼从地起，从头一二说分明。
有名才到金宝殿，无名不到此傩坪。

我娘本是黄家女，我爹本是崔家人。
黄家女，崔家人，良缘数记结为婚。
黄家女，崔家郎，前世注定两鸳鸯。

成配三年无儿女，岳王庙内把香焚。
别人怀胎十二月，我娘怀我十二春。

十二月来十二春，自自在在娘怀内，
自自在在娘怀身。

下儿落地叫一声，惊动掌家老母亲。
叫二声，金盆打水洗我身。
叫三声，龙裙抱肚在娘身。

一岁二岁娘怀内，三岁四岁下地行。
大姐姊妹拿礼来贺喜，王母大仙安小名。

穿了黄裙安了名，后来长大年七岁。
送去学堂攻书文。

先读天地元皇起，连读四书共五经。
十样规书都读了，要我做个先锋神。

先锋神来先锋神，旗头累累扫五营。
先锋娘来先锋娘，旗头累累扫五方。

旗头累累扫上东，东方神鬼走虚空。

旗头累累扫上南，南方神鬼远离开。
旗头累累扫上西，西方神鬼走远离。
旗头累累扫上北，北方神鬼走不扯。
旗头累累扫上中，召君挂衣满堂红。

天瘟扫上天堂去，地瘟扫送地狱门。
麻瘟扫上麻山去，豆瘟扫送豆娘人。

天瘟地气扫出去，天灾地难扫出门。
天火地火扫出去，阴火阳火扫出门。

病床多久扫出去，眠床多日扫出门。
不留别鬼在家门。

前门扫个招财路，后门扫个路进财。
横财累累上家来。

扫进金来扫进银，扫进金银和宝贝。
前缸得满后缸登。

扫进猪羊牛和马，六畜牛马养成群。
扫进五谷并米价，前仓得满后仓登。

扫进五男儿和女，双男贵子跳龙门。
扫进衣禄和饭碗，坐得千年万万春。

有福之人莫扫多，扫得多了没处着。
有福之人莫扫长，扫得长来没处装。
扫得多少统莫怪，满户金环莫怒心。

打开东方青河海，青河青海水茫茫。
看见龙王当中坐，龙王教广坐东方。

左脚刨沙来塞海，右脚刨土塞海江。
塞了海江赶忙退，忙行几步到南方。

打开南方赤河海，赤河赤海水茫茫。
看见龙王当中坐，龙王敖鱼坐南方。

左脚刨沙来塞海，右脚刨土塞海江。
塞了海江赶忙退，忙行几步到西方。

打开西方白河海，白河白海水茫茫。
看见龙王当中坐，龙王敖吉坐西方。

左脚刨沙来塞海，右脚刨土塞海江。
塞了海江赶忙退，忙行几步到北方。

打开北方黑河海，黑河黑海水茫茫。
看见龙王当中坐，龙王敖顺坐北方。

左脚刨沙来塞海，右脚刨土塞海江。
塞了海江赶忙退，忙行几步到中央。

打开中央黄河海，黄河黄海水茫茫。
看见龙王当中坐，五龙行雨坐五方。

左脚刨沙来塞海，右脚刨土塞海江。
塞了海江赶忙退，转来岸上脱衣裳。

先脱龙裙十二件，后脱龙裤十二条。
细细袜鞋脱一面，白布包脚脱一双。
浑身上下脱光了，先锋跳在水中央。

波浪水，拍胸膛，浑身上下冷凉凉。
冷天不过炉中火，热天不过水中凉。

波浪水，拍胸膛，浑上下冷秋秋。
冷天不过炉中火，热天不过水中游。

左脸洗得亮晶晶，右脸洗得白如银。
左耳洗得亮晶晶，右耳洗得白如银。

左手洗得亮晶晶，右手洗得白如银。
左脚洗得亮晶晶，右脚洗得白如银。

洗了千年陈垢屎，洗了万代老尿糠。
洗得错来退不错，退送信士下早秧。
浑身上下洗光了，转来岸上穿衣裳。

先穿龙裙十二件，后穿龙裤十二条。
细细袜鞋穿一面，白布包脚穿一双。
浑身上下穿完了，转来坛上烧宝香。

初顿首，初烧香，牛成对来马成双。
二顿首，二烧香，鸡栖鹅鸭满池塘。
三顿首，三烧香，双男贵子跳龙床。

一炷宝香插炉中，香烟渺渺敬神公。
君王领受香烟去，陈香插在金炉中。

二炷宝香插炉台，香烟渺渺上华山。
神娘领了香烟去，陈香插在金炉台。

三炷宝香插金炉，户主清吉置钱多。
满堂领了香烟去，陈香插在金香炉。

一拜玉皇当厅坐，二拜南斗七仙星。
三拜三元同弟子，四拜四仙枷栲灵。

五拜五营多兵马，六拜六丁六甲神。
七拜王母仙宫坐，八拜投坛宝殿人。

九拜三清并大道，十拜满堂众师尊。
烧香拜香拜完了，转来辞别五岳神。

一辞东山神帝公，白马云中一路同。
二辞南山神母娘，白马云中一路行。
三辞三清并大道，白马云中一路遥。

辞别满屋众位亲，唱得不好莫笑人。
谁人背后无人说，哪个人前肯说人。

辞别陪伴鼓和锣，二人慢打长声鼓，
白马云中笑呵呵。

辞别拿壶香蜡师，耐烦服侍这堂神。
又烧香来又点蜡，燃香点亮到天明。

唱去唱来口又干，摇去摇来脚又酸。
口又干来脚又酸，跟你主东讨钱财。

华山也要路费走，过水也要水船钱。
不烧是纸烧是钱，来了一年保万年。
不烧是纸烧是银，来了几代不回身。

将军跳下马，各自奔前程。
当日许愿叩动我，我在桃源洞内听。
如今还愿请到我，我来坛上领良因。

莫恋场来莫忘场，天也忙来地也忙。
莫在傩堂贪玩耍，外头勒马闹扬扬。

马在门前披鞍蹬，船在江边要起身。
双脚跳上高头马，风吹马尾骑仙人。
双脚跳在法船上，船开不念后头人。

来有鸣角相迎请，去有鼓锣奉送神。
出门放起三连炮，双吹双打我起身。

先锋不到愿不明，来了几代不回身。
先锋不到愿不长，来了一堂准千堂。

先锋回转桃源洞，又到开山出洞门。
先锋回转到桃源，又到开山出洞来。

十五、开山神歌

大将生得最英雄，全凭武艺走西东。
上南山拳打猛虎，下北海脚踢蛟龙。
吾乃华山殿上开山大将小将是也！

云淡风轻近午天，无道纣王坐金銮。
昨日迎来苏妲己，榜花随柳过前川。

是人不是一心乐，洞宾岳阳去游玩。
西天王母蟠桃会，将为偷仙学少年。

我的桃源宽心坐，大将小将坐宽心。
一封文书来相请，请我开山出洞门。

开山神来开山神，未曾出洞先告禀。
开山出来讲丑话，不讲丑话神不灵。

告禀告禀先告禀，禀告姑娘姊妹们。
开山满口是丑话，你们暂避一时辰。

告禀告禀先告禀，告禀两旁众六亲。
辈分大来辈分小，要讲丑话神才灵。

开山神来开山神，嘴巴就是不干净。
耍笑本来就如此，不在情理也在情。

哥兄老弟与六亲，亲朋好友听分明。
不讲丑话神不爱，讲了丑话笑死人。

文书累累下桃源，披起马来上起鞍。
请到桃源洞府门，车不住来马不停。

银鬃马，披上鞍，游游元元出桃源。
银鬃马，披上蹬，游游元元出洞门。

今晚大将出洞门，蹚乱黄河水不清。
功曹引路前头走，大将驾马随后行。

有车有马装车走，无车无马驾祥云。
五色祥云齐驾起，大将跳在九霄云。

一驾东方青云去，青云绕绕盖我身。
我往青云头上过，青云从我脚下行。

二驾南方赤云去，赤云绕绕盖我身。
我往赤云头上过，赤云从我脚下行。

三驾西方白云去，白云绕绕盖我身。
我往白云头上过，白云从我脚下行。

四驾北方黑云去，黑云绕绕盖我身。
我往里云头上过，黑云从我脚下行。

五驾中央黄云去，黄云绕绕盖我身。
五色祥云齐驾起，开山跳在九霄云。

赶路腾云来得快，五色祥云绕我身。
三步云车两步马，不觉来到东家门。

快行如同弓上箭，慢行好比风送云。
弓上箭来风送云，转眼落在外前坪。

来到东家三门外，锣儿咚咚鼓沉沉。
不知东家何处坐，这家会是我东君。

来到对门闻听锣鼓响，响喤喤。
不知东君何处坐，这家会是东家郎。

左一看来右一看，主东坐个好屋田。
哪位先生照顾你，九天玄女下罗盘。

左一望来右一望，主东坐个好屋场。
哪位先生照顾你，白鹤仙人断阴阳。

左边起个牛栏殿，右边起个马栏房。
起个牛栏牛成对，起个马栏马成双。

要得来时不得来，门头老鬼把门关。
要得进门不得进，门头老鬼关了门。

左边把门秦叔宝，右边把门敬德君。
秦叔宝来敬德君，唐王委你把门神。
你是千年把门鬼，为何把我开山门？

有请恭请进傩坪，无请勒马转回身。
有请恭请进傩堂，无请勒马转回乡。

要得来时也得来，门头老鬼把门开。
要得进门也得进，门头老鬼开了门。

左手打开门两扇，右手拍开两扇门。
左手开门金鸡叫，右手开门凤凰声。

左脚进门送贵子，右脚进门送子孙。
左脚进门送财宝，右脚进门送金银。

左脚进门送牛马，六畜牛马养成群。
右脚进门送米价，前仓得满后仓登。

三岁娃儿远远开，大将勒马赴傩来。
三岁娃儿远远分，大将勒马赴傩坪。

叫你开来你快开，马脚伤你喊连天。
叫你分来你快分，马脚伤你喊连声。

三十三天雾沉沉，落在九霄云雾里。
三步云车两步马，飞会走马到傩坪。

三十三天雾冬冬，落在九霄云雾中。
三步云车两步马，飞云起马到傩中。

进了东家一重门，看见神。
琉璃瓦屋挂对子，门神贴在两边门。

进了东家二重门，看见神。
黄犬一对滚草堆。
别人看见稀奇事，左边狮子右麒麟。

进了东家三重门，看见神。
鸡公一对啄雄兵。
别人看见稀奇事，双凤朝阳闹当厅。

进了东家四重门，看见神。
东有人来西有人。
东边有人张果老，西边有人吕洞宾。

进了东家五重门，看见神。
岳府爷爷坐当厅。
岳府爷爷当厅坐，灯花蜡烛亮晶晶。

自从不到傩堂内，君王要我说原根。
葫芦有根话有把，水有源头木有根。

万丈高楼从地起，从头一二说分明。
有名才到金宝殿，无名不刻此傩坪。

家住雷州雷阳县，地名叫作张家村。
我爹名叫张太保，我娘本是马家人。

马家女，张家人，良缘数记结为婚。
马家女，张家郎，前世注定两鸳鸯。

我娘养我三兄弟，三兄三弟通有名。
大哥上天跟玉帝，二哥地府拜阎君。

剩我第三年纪小，把我安在桃源门。
把我安在桃源洞，哪里还愿砍天瘟。

我娘养我在秋季，秋季秋月养秋人。
丑娘丑月养丑儿，眼生眉毛七寸临。

鼻上红纹有三路，脸上横肉不顺情。
三十六牙开山口，四颗大齿似铁钉。

头戴一对朱砂角，两眼鼓得像铜铃。
张口吃断长江水，十个牛头一口吞。

五百肥羊一餐吃，吃鬼吃怪吃恶神。
吃了三石三斗糙米饭，屙屎飚过九重城。

张三头上说完了，此斧高上有原根。
莫把张三长久唱，要把此斧说分明。

此斧不是非凡斧，千斤毛铁打把斧。
左边二十四人打，右边二十四人夹。
二十四人抬不动，张三轻轻抓在手中拿。

此把不是非凡把，天下树落第三丫。
打了斧，斗了把，张三抓在手中拿。
斗了把，下了尖，拿在手中用万年。

左又磨来右又磨，磨得斧头两只角。
左又荡来右又荡，荡得斧头亮堂堂。

一砍东方甲乙木，莫说木来无用处。
木高山上长成林，万物也要木来火。

二砍南方丙丁火，莫说火来无用处。
钱财也要火来焚，用凭火化成金银。

三砍西方庚辛金，莫说金来无用处。
砍得金来谢东君，置田买地养儿孙。

四砍北方壬癸水，莫说水来无用处。

龙王也要水来淋，先安神水后请神。

五砍中央戊己土，莫说土来无用处。
万物也是土发生，土养千千万万人。

天瘟砍送天堂去，地瘟砍送地狱门。
麻瘟砍送麻山去，豆瘟砍送豆娘人。

天瘟地气砍出去，天灾地难砍出门。
天火地火砍出去，阴火阳火砍出门。

病床多久砍出去，眠床多久砍出门。
不留别鬼在家门。

前门砍个招财路，后门砍个路进财。
横财累累上家来。

砍进金来砍进银，砍进金银和宝贝。
前缸得满后缸登。

砍进猪羊牛和马，六畜牛马养成群。
砍进五谷并米价，前仓得满后仓登。

砍进五男儿和女，双男贵子跳龙门。
砍进衣禄和饭碗，坐得千年万万春。

有福之人莫砍多，砍得多了没处着。
有福之人莫砍长，砍得长来没处装。
砍得多少统莫怪，满户金环莫怒心。

打开东方青河海，青河青海水茫茫。
看见龙王当中坐，龙王敖广坐东方。

左脚刨沙来塞海，右脚刨土塞海江。
塞了海江赶忙退，忙行几步到南方。

打开南方赤河海，赤河赤海水茫茫。
看见龙王当中坐，龙王敖鱼坐南方。

左脚刨沙来塞海，右脚刨土塞海江。
塞了海江赶忙退，忙行几步到西方。

打开西方白河海，白河白海水茫茫。
看见龙王当中坐，龙王敖吉坐西方。

左脚刨沙来塞海，右脚刨土塞海江。
塞了海江赶忙退，忙行几步到北方。

打开北方黑河海，黑河黑海水茫茫。
看见龙王当中坐，龙王敖顺坐北方。

左脚刨沙来塞海，右脚刨土塞海江。
塞了海江赶忙退，忙行几步到中央。

打开中央黄河海，黄河黄海水茫茫。
看见龙王当中坐，五龙行雨坐五方。

左脚刨沙来塞海，右脚刨土塞海江。
塞了海江赶忙退，转来岸上脱衣裳。

先脱龙袍十二件，后脱龙裤十二条。
大大袜鞋脱一面，包脚鞋子脱一双。
浑身上下脱光了，张三跳在水中央。

波浪水，拍胸膛，浑身上下冷凉凉。
冷天不过炉中火，热天不过水中凉。

波浪水，拍胸膛，浑身上下冷秋秋。
冷天不过炉中火，热天不过水中游。

左脸洗得亮晶晶，右脸洗得白如银。
左耳洗得亮晶晶，右耳洗得白如银。

左手洗得亮晶晶，右手洗得白如银。
左脚洗得亮晶晶，右脚洗得白如银。

洗了千年陈垢屎，洗了万代老尿糠。
洗得错来退不错，退送信士下早秋。
浑身上下洗完了，转来岸上穿衣裳。

先穿龙袍十二件，后穿龙裤十二条。
大大袜鞋穿一面，包脚鞋子穿一双。
浑身上下穿完了，转来坛上烧宝香。

初顿首，初烧香，牛成对来马成双。
二顿首，二烧香，鸡栖鹅鸭满池塘。
三顿首，三烧香，双男贵子跳龙床。

一炷宝香插炉中，香烟渺渺敬神公。
君王领受香烟去，陈香插在金炉中。

二炷宝香插炉台，香烟渺渺上华山。
神娘领了香烟去，陈香插在金炉台。

三炷宝香插金炉，户主清吉置钱多。
满堂领了香烟去，陈香插在金香炉。
天莫怪来地莫怪，张三拜神朝天拜。

一拜玉皇当厅坐，二拜南斗七仙星。
三拜三元同弟子，四拜四仙枷栲灵。

五拜五营多兵马，六拜六丁六甲神。
七拜王母仙宫坐，八拜投坛宝殿人。

九拜三清并大道，十拜满堂众师尊。
十一二拜拜完了，转来辞别五岳神。
先辞主来后辞神，辞别主东转回身。

一辞东山神帝公，白马云中一路同。
二辞南山神母娘，白马云中一路行。
三辞三清并大道，白马云中一路遥。

辞别满屋众位亲，唱得不好莫笑人。
谁人背后无人说，哪个人前肯说人。

辞别陪伴鼓和锣，二人慢打长声鼓。
白马云中笑呵呵。

辞别拿壶香蜡师，耐烦服侍这堂神。
又烧香来又点蜡，燃香点亮到天明。

唱去唱来口又干，摇去摇来脚又酸。
口又干来脚又酸，跟你主东讨船钱。

华山也要路费上，过水也要水船钱。
不烧是纸烧是钱，来了一年保万年。
不烧是纸烧是银，来了几代不回身。

将军跳下马，各自奔前程。
当日许愿叩动我，我在桃源洞内听。
如今还愿请到我，我来坛上领良因。

莫恋场来莫忘场，天也忙来地也忙。
莫在傩堂贪玩耍，外头勒马闹扬扬。

马在门前披鞍蹬，船在江边要起身。
双脚跳上高头马，风吹马尾骑仙人。
双脚跳在法船上，船开不念后头人。

来有鸣角相迎请，去有鼓锣奉送神。
出门放起三连炮，双吹双打我起身。

开山不到愿不明，来了几代不回身。
开山不到愿不长，来了一堂准千堂。

开山回转桃源洞，又到八郎出洞门。
开山回转到桃源，又到八郎出洞来。

十六、算匠与铁匠神歌

【算匠】

先生袖里乾坤大，本神腹中日月明。
疑难之事请到我，预测推算准如神。
吾乃华山殿上算命先生是也！

甲子乙丑海中金，算命先生来开声。
开声讲的是丑话，不讲丑话神不灵。

姑娘姊妹众六亲，听我算匠先告禀。
姑娘姊妹避开走，讲了丑话不好听。

丑话不讲不要紧，讲了丑话笑死人。
坛前锣鼓响沉沉，算匠今晚出洞门。

三更半夜哗哗响，湖南洞庭报水荒。
长江沿岸垮堤坝，淹没田地和村庄。

我在桃源洞内闲，四值功曹把我传。
他说东家还傩愿，张三请我把命算。

岳王圣旨传给我，包袱雨伞出桃源。
此去路途多遥远，得请婆娘把手牵。

人间还傩愿，张三把命算，
岳王下圣旨，功曹把文传，
请你出来把路带，牵手一路出桃源。

算匠今晚出桃源，老婆急忙把手牵。
因为瞎眼看不见，牵手牵脚把路赶。

头包帕子大又大，身穿花衣满身花。
手牵老公出门走，腾云驾雾出了家。

有车有马装车走，无车无马驾祥云。
五色祥云齐驾起，老公老婆驾起云。
一驾东方青云去。

有请恭请进傩坪，无请勒马转回身。
有请恭请进傩堂，无请勒马转回乡。

左脚进门送贵子，右脚进门送金银。
双脚进到堂屋内，堂屋黄土变成金。

搭起棚子摆起摊，竹头箸子放两边。
双手就把胡琴扯，专等张三算命来。

开山生得大英雄，身穿麻衣青衣衫。
举步走到傩堂内，不觉遇着命里仙。

大将生得脸又红，拿得斧头砍瘟灾。

千斤大斧失落了，要请算匠把斧算。

箬子打得尖对尖，张三屋里还堂愿。
箬子打得角对角，张三家里还堂傩。

箬子打得阴对阴，张三屋里还堂神。
箬子打得阳对阳，张三还愿傩一堂。

从这箬子报得开，斧头掉在东洋海。

行从东海洋上过，斧头丢在海中间。
多谢先生把斧算，斧头落在海中间。
驾上祥云急忙走，不觉来到大海边。

莲花水中直下去，果然找得斧头还。
长安去请老司郎，去接司郎把愿还。

多谢先生算得准，谢你金来谢你银。
谢你金银回转去，驾云回转桃源门。

【铁匠】
张打铁，李打铁，我打把镰刀送姐姐。
张打锤，李打锤，我打把镰刀送妹妹。

那年打铁到湖南，碰着先生在桃源。
我请先生算个命，只算女人不算男。

铁匠铁匠行得乖，一脸黑黑像木炭。
男人说我生得丑，女人夸我生得乖。

我在桃源学打铁，传我东家去做客。
岳王叫我出门去，傩堂里内去打铁。

腾云驾雾急忙走，落下云头到傩堂。
碰着张三缺斧子，拉着我手硬不放。

时不通来运不来，遇到张三实在凶。
一锤打在脑壳上，脑壳打出一个洞。

时不通是运不来，碰着张三实在烦。
打铁打我脑壳上，倒转还要骗工钱。

斧头打得门板大，二十四人把斧夹。
二十四人抬不动，张三心里乐开花。

张打铁，李打铁，打造斧头真要得。
斧头拿在我手内，满心喜欢舞不扯。

斧头重来斧头重，拿在手中逞英雄，
铁匠拿得工钱去，转身回走桃源洞。

谢我工钱赶快拿，主东千年万代发。
拿得工钱转归去，回转桃源到老家。

十七、八郎神歌

在家好是在家好，行路难是行路难。
在家不会应宾客，出外方知少主人。
吾乃华山殿上八郎八兄八弟是也！

【从小河上来的唱词】
一位天客去长沙，西往长安不见家。
黄鹤楼中吹玉笛，江城五月落梅花。

今晚八郎离了家，明天溪水要去耍。
本夜本日离家去，谁知何日得归家。

出门辞别妻和伢，我出门来你当家。
当家只管家务事，外头的事莫管它。

八郎我是江西人，包袱雨伞出城门。
我打江西城内坐，飞身一步上洞庭。

洞庭一上走岳州，岳州有个岳阳楼。
九十九根金梁柱，八个仙人扯绣球。

岳州一上走岳阳，岳阳有个好祠堂。
文武官员统来对，人人说他寿年长。

岳阳一上走宁乡，宁乡有个苏家庄。
家有良田千万亩，收去割来无处装。

宁乡一上走长沙，来到长沙万万家。
长沙本是船口上，旗帆竖在船中插。

长沙一上走常德，常德城内万万客。
常德本是货口上，两边开铺闹热热。

常德一上走桃源，来到桃源大半天。
桃源九十九条路，又有一路往西天。

说桃源来讲桃源，桃源洞内有神仙。
神仙总是神仙做，哪有凡人做神仙。
神仙总是凡人做，就怕人心不肯转。

青云累累赤云开，参拜上八洞神仙。
白云累累黑云开，参拜中八洞神仙。

黄云累累五云开，参拜下八洞神仙。
八洞神仙齐合会，呼我八郎算一仙。

我的桃源宽心坐，八兄八弟坐宽心，
一封文书来相请，请我八郎出洞门。

桃源有个蛤蟆岩，铁练桃船走清滩。
清滩一上走清郎，眼望辰州闹扬扬。

清郎一上走辰州，辰州坐个五龙头。
辰州上来有三湾，泸溪门对秤陀山。

泸溪门对虎头礁，上坡门前不解轿。
水打长潭烂如油，大小背留在前头。

车轿三台坐三坡，哥恋妹来妹恋哥。
哥哥恋妹年纪小，妹妹恋哥莫奈何。

水流河中清如油，轮胎急水往东流。
从此往上走一阵，黄土筑墙是乾州。

进了东门出西门，抬眼看见桐油坪。
东门进，西门出，走到上头狮子庵。

寨阳坐在牛形地，坪郎好个养鹅坪。
上坪郎来下坪郎，双手扒船要渡江。

走到归进歇一歇，两半苗子一半客。
一路跟着河上走，矮寨就到坐头里。

矮寨坐在两叉河，不知要走大河并小河。
大河小河我不走，必然要上补求坡。

要上坡，本也难，上了一湾又一湾。
晓得受苦我不来。

要上坡，本费力，上了一坡又一坡。
晓得受苦我不行。

补求坡头风又急，没个歇处没水吃。
登了坡，解了轿，前头走到岩板桥。

急急走，忙忙行，杨孟坐在面前程。
急急走，忙忙来，此间走到排碧街。

如今排碧搬了场，排碧街上闹扬扬。
排碧街下我不走，走上排碧土地堂。
土地跟我要纸钱，我跟土地要婆娘。

过了土地走一程，勾肉坐在面前停。
我往勾肉寨边走，洞冲坐在当面前。

来到对门闻听锣鼓响，响噹噹。
不知东君何处坐，这家会是东家郎。

来到对门闻听锣鼓响，响沉沉。
不知东君何处坐，这家会是我东君。

左一看来右一看，主东坐个好屋田。
哪位先生照顾你，九天玄女下罗盘。

左一望来右一望，主东坐个好屋场。
哪位先生照顾你，白鹤仙人断阴阳。

左边起个牛栏殿，右边起个马栏房。
起个牛栏牛成对，起个马栏马成双。

要得来时不得来，门头老鬼把门关。
要得进门不得进，门头老鬼关了门。

左边把门秦叔宝，右边把门敬德君。
秦叔宝来敬德君，唐王委你把门神。
你是千年把门鬼，为何把我八郎门？

有请恭请进傩坪，无请勒马转回身。
有请恭请进傩堂，无请勒马转回乡。

要得来时也得来，门头老鬼把门开。
要得进门也得进，门头老鬼开了门。

左手打开门两扇，右手拍开两扇门。
左手开门金鸡叫，右手开门凤凰声。

左脚进门送贵子，右脚进门送子孙。
左脚进门送财宝，右脚进门送金银。

左脚进门送牛马，六畜牛马养成群。
右脚进门送米价，前仓得满后仓登。

三岁娃儿远远开，八郎勒马赴傩来。
三岁娃儿远远分，八郎勒马赴傩坪。

叫你开来你快开，马脚伤你喊连天。
叫你分来你快分，马脚伤你喊连声。

三十三天雾沉沉，落在九霄云雾里。
三步云车两步马，飞云走马到傩坪。

三十三天雾冬冬，落在九霄云雾中。
三步云车两步马，飞云走马到傩中。

进了东家一重门，看见神。
琉璃瓦屋挂对子，门神贴在两边门。

进了东家二重门，看见神。
黄犬一对滚草堆。
别人看见稀奇事，左边狮子右麒麟。

进了东家三重门，看见神。
鸡公一对啄雄兵。
别人看见稀奇事，双凤朝阳闹当厅。

进了东家四重门，看见神。
东有人来西有人。
东边有人张果老，西边有人吕洞宾。

进了东家五重门，看见神。
岳府爷爷坐当厅，
岳府爷爷当厅坐，灯花蜡烛亮晶晶。

看你主东生得好，好个官相不得了。
必是大富又大贵，富贵双全实在高。

看你主东生得正，好个官相人人称。
主东退去两旁去，八郎有事又相迎。

【由大河来的唱词】
坛前锣鼓响咚咚，收拾行李别家中。
举步上了阳关道，出门景致大不同。

春来桃花枝枝茂，夏日荷花朵朵红。
秋天丹桂香千里，冬有寒梅伴青松。

四季花开多热闹，引动千里小蜜蜂。

青山绿水年年在，山一重来水一重。

湖广行从黄州过，好座宝塔立空中。
千种百样是汉口，河下船只数不通。

武昌府内多热闹，满街铺子起霞红。
龟山蛇山生得好，内有黄鹤楼一栋。

雕起洞宾金容像，又把玉笛吹口中。
日有千人来拱手，夜有明灯万盏红。

八郎来到嘉鱼县，水路行船扯风篷。
祭风台是孔明建，昔日曹操败东风。

洞庭湖内船难过，怕的湖内起浪风。
抬头看见岳州府，岳阳楼上忧多重。

岳阳上来布袋上，长沙坐在急滩中。
龙阳姑娘生得好，个个都是美颜容。

水边就是安乡县，昔日曹操败华容。
三个司官鳌山坐，自古德山斩老龙。

急忙来到常德府，倚山而航行水中。
船儿行到桃源县，昔日王子把仙逢。

凡人不能成仙体，想当王子枉费工。
青浪滩上船难过，乌鸦扰扰闹当中。

慢慢摇船至潭口，船上辰州扯风篷。
辰州府内多热闹，五龙聚会府衙中。

铜壶滴落府堂上，梧桐叶影悬当空。

酉水拖蓝两河口，乌苏过渡果然凶。

乌苏过渡果然险，坐在船头看水涌。
到了凤滩船难上，十人看见九人恐。

会溪坪里立铜柱，铜柱立有九百春。
罗依溪口脚子迷，赶过王村码头中。

猴儿赶上山中洞，老司岩上闹哄哄。
弯船上岸步难行，行过官坪毛坪中。

地坪官坪出寡妇，茅儿庙上拜观音。
溏兵挑脚戴凉帽，担子挑过古丈坪。

太阳照到大山来，城内兵勇笑盈盈。
排板坐在田坎上，面前就是夯沙坪。

一五逢场多热闹，苗多客少闹沉沉。
笔直走上一重坡，这边就是卧龙坪。

卧龙大路几多条，不知要往哪条行。
卧龙直上一条冲，过冲上坡到洞冲。

来到洞冲边沿寨，大洞小洞一条冲。
要走大洞或小洞，大小二寨坐当中。

来到对门闻听锣鼓响，响沉沉。
不知东家何处坐，这家会是我东君。

来到对门闻听锣鼓响，响喤喤。
不知东君何处坐，这家会是东家郎。

左一看来右一看，主东坐个好屋田。

哪位先生照顾你，九天玄女下罗盘。

左一望来右一望，主东坐个好屋场。
哪位先生照顾你，白鹤仙人断阴阳。

左边起个牛栏殿，右边起个马栏房。
起个牛栏牛成对，起个马栏马成双。

要得来时不得来，门头老鬼把门关。
要得进门不得进，门头老鬼关了门。

左边把门秦叔宝，右边把门敬德君。
秦叔宝来敬德君，唐王委你把门神。
你是千年把门鬼，为何把我八郎门？

有请恭请进傩坪，无请勒马转回身。
有请恭请进傩堂，无请勒马转回乡。

要得来时也得来，门头老鬼把门开。
要得进门也得进，门头老鬼开了门。

左手打开门两扇，右手拍开两扇门。
左手开门金鸡叫，右手开门凤凰声。

左脚进门送贵子，右脚进门送子孙。
左脚进门送财宝，右脚进门送金银。

左脚进门送牛马，六畜牛马养成群。
右脚进门送米价，前仓得满后仓登。

三岁娃儿远远开，八郎勒马赴傩来。
三岁娃儿远远分，八郎勒马赴傩坪。

叫你开来你快开，马脚伤你喊连天。
叫你分来你快分，马脚伤你喊连声。

三十三天雾沉沉，落在九霄云雾里。
三步云车两步马，飞云走马到傩坪。

三十三天雾冬冬，落在九霄云雾中。
三步云车两步马，飞云走马到傩中。

进了东家一重门，看见神。
琉璃瓦屋挂对子，门神贴在两边门。

进了东家二重门，看见神。
黄犬一对滚草堆。
别人看见稀奇事，左边狮子右麒麟。

进了东家三重门，看见神。
鸡公一对啄雄兵。
别人看见稀奇事，双凤朝阳闹当厅。

进了东家四重门，看见神。
东有人来西有人。
东边有人张果老，西边有人吕洞宾。

进了东家五重门，看见神。
岳府爷爷坐当厅，
岳府爷爷当厅坐，灯花蜡烛亮晶晶。

看你主东生得好，好个官相不得了。
必是大富又大贵，富贵双全实在高。

看你主东生得正，好个官相人人称。
主东退去两旁去，八郎有事又相迎。

自从不到傩堂内，君王要我说原根。
葫芦有根话有把，水有源头木有根。

万丈高楼从地起，从头一二说分明。
有名才到金宝殿，无名不到此傩坪。

家住江西吉安府，吉安县内是家门。
我娘本是潘家女，我爹本是颜家人。

潘家女，颜家人，良缘数记结为婚。
潘家女，颜家郎，前世注定两鸳鸯。

我娘养我八兄弟，八兄八弟都高强。
大哥云南卖驴马，二哥山西卖绵羊。

三哥广东开当铺，四哥浙江卖砂糖。
五哥江南开酒店，六哥在家看文章。
七哥江湖做买卖，七弟原来各一行。

剩我第八年纪小，把我安在桃源门。
把我安在桃源洞，哪里还愿买猪羊。

避秦住入桃源洞，坐在桃源隐处藏。
因为秦王行无道，抽兵要筑万里墙。

家有三个抽一丁，若有四个抽一双。
三抽一来四抽二，八兄八弟抽三双。

坐在桃源无别事，一夜看书到天光。
日里写来夜里算，加减乘除算名扬。

岳王看我写算好，安在傩堂来经商。
经商来把猪羊买，哪里还愿买猪羊。

第一哥，颜一郎，包袱雨伞走忙忙。
人人问我何处去，东家门上买猪羊。

第二哥，颜二郎，背把木秤走忙忙。
人人问我何处去，东家门上调猪羊。

第三哥，颜三郎，抬捆索子走忙忙。
人人问我何处去，东家门上套猪羊。

第四哥，颜四郎，抬把钢刀走忙忙。
人人问我何处去，东家门上杀猪羊。

第五哥，颜五郎，刨子通条走忙忙。
人人问我何处去，东家门上通猪羊。

第六哥，颜六郎，挑副水桶走忙忙。
人人问我何处去，东家门上挑水修猪羊。

第七哥，颜七郎，背个大锅走忙忙。
人人问我何处去，东家门上热水修猪羊。

第八哥，颜八郎，手拿簿子走忙忙。
人人问我何处去，东家门上分猪羊。

一喊东方甲乙木，莫说木来无用处。
木高山上长成林，万物也要木来火。

二喊南方丙丁火，莫说火来无用处。
钱财也要火来焚，用凭火化成金银。

三喊西方庚辛金，莫说金来无用处。
喊得金来谢东君，置田买地养儿孙。

四喊北方壬癸水，莫说水来无用处。
龙王也要水来淋，先安神水后请神。

五喊中央戊己土，莫说土来无用处。
万物也是土发生，土养千千万万人。

(1)喊猪羊鸡鱼
主东还愿还得好，猪财羊财鸡财鱼财都来了。
猪来关在猪圈内，羊来关在羊栏坊。
鸡来关在鸡笼内，鱼来放在鱼眼塘。

猪财子，羊财郎。
别人喊你你莫动，八郎喊你赴雉堂。
别人喊你你莫来，八郎喊你坐万年。
上有坡，下有岩，转身去喊外来财。
横财累累上家来。

(2)喊牛财马财
主东还愿还得好，牛财马财统统都来了。
牛财关在牛栏殿，马财关在马栏坊。

牛财子，马财郎。
别人喊你你莫动，八郎喊你赴雉堂。
别人喊你你莫来，八郎喊你坐万年。
上有坡，下有岩，转身去喊外来财。
横财累累上家来。

(3)喊天财地宝
主东还愿还得好，天财地宝都来了。
天财摆在金仓内，地宝收在银库中。

天财子，地宝郎。
别人喊你你莫动，八郎喊你赴雉堂。

别人喊你你莫来,八郎喊你坐万年。
上有坡,下有岩,转身去喊外来财。
横财累累上家来。

(4)喊婆娘儿女
主东还愿还得好,婆娘儿女统统都来了。
美女坐在花楼内,梳头插花一朵云。
将来生下麒麟子,做个承根接祖人。

婆娘子,儿女郎。
别人喊你你莫动,八郎喊你赴傩堂。
别人喊你你莫来,八郎喊你坐万年。
上有坡,下有岩,转身去喊外来财,
横财累累上家来。

(5)喊长工短工
主东还愿还得好,长工短工都来了。
长工住在厢房内,短工住在右偏房。
长工短工一齐做,东家富贵把名扬。

长工子,短工郎。
别人喊你你莫动,八郎喊你赴傩堂。
别人喊你你莫来,八郎喊你坐万年。
上有坡,下有岩,转身去喊外来财,
横财累累上家来。

(6)喊文武官员
主东还愿还得好,文武官员都来了。
官员坐在书房内,昼夜看书作文章。
将来发财又升官,大富大贵大名扬。

文武子,官员郎。
别人喊你你莫动,八郎喊你赴傩堂。

别人喊你你莫来，八郎喊你坐万年。
上有坡，下有岩，转身去喊外来财。
横财累累上家来。

(7) 喊五谷米价
主东还愿还得好，五谷米价都来了。
喊得装在仓库内，前仓后仓装得满。

五谷子，米价郎。
别人喊你你莫动，八郎喊你赴傩堂。
别人喊你你莫来，八郎喊你坐万年。
上有坡，下有岩，转身去喊外来财。
横财累累上家来。

(8) 喊金银钱财
主东还愿还得好，金银钱财统统都来了。
金钱装在金库内，银钱装在银库间。

金银子，财宝郎。
别人喊你你莫动，八郎喊你赴傩堂。
别人喊你你莫来，八郎喊你坐万年。
上有坡，下有岩，转身去喊外来财。
横财累累上家来。

(9) 防盗贼
强盗子，小贼郎，你今也想赴傩堂。
见了人家的万贯家财你起意，原来你心大不良。
左边麻索又来捆，右边抬枷锁他身。

半个时辰挨不住，左谢黄金右谢银。
谢了银钱放他去，让他狗命转回身。

(10) 买猪买羊

八郎谢你一定金、二定银，金银宝具谢东君。
谢你银钱有用处，置田买地养儿孙。

谢你三定金、四定银，金银宝具谢东君。
谢你银钱有用处，买匹白马跑朝廷。

谢你五定金、六定银，金银宝具谢东君。
谢你银钱有用处，讨个媳妇送儿孙。

谢你七定金、八定银，金银宝具谢东君。
谢你银钱有用处，一本万利转家门。

谢你九定金、十定银，金银宝具谢东君。
谢你银钱有用处，大酒大肉过平生。

只有两定不谢你，留做车前马后人。
一留长命并富贵，二留钱财转回身。

(11) 杀猪杀羊

拿猪羊，拿猪羊，龙裙扎箍走忙忙。
龙裙扎箍忙忙走，八兄八弟拿猪羊。

杀猪羊，杀猪羊，龙裙扎箍走忙忙。
龙裙扎箍忙忙走，八兄八弟杀猪羊。

(12) 分标打散

清水装以杨柳坛，一边荤来一边斋。
荤的菩萨退过后，祭郎坛上先开斋。

清水装以杨柳亭，一边斋来一边荤。
荤的菩萨退过后，开了斋的再开荤。

十八、土地神歌

日头出来点点红，老人出来带英雄。
日头出来点点黄，老人出来带阴阳。

正月立春及雨水，二月惊蛰到春分。
三月清明过谷雨，四月立夏小满临。

五月芒种到夏至，六月大暑小暑并。
七月立秋处暑到，八月白露到秋分。

九月寒露十月冬，冬月大雪冬至临。
腊月小寒大寒过，此节过后又立春。
二十四节唱完了，傩堂装扮土地神。

我的桃源宽心坐，土地老人坐宽心。
一封文书来相请，请我土地出洞门。

银鬃马，披上鞍，游游元元出桃源。
银鬃马，披上蹬，游游元元出洞门。

桃源有个蛤蟆岩，铁练桃船走清滩。
清滩一上走清郎，眼望辰州闹扬扬。

清郎一上走辰州，辰州坐个五龙头。
辰州上来有三湾，泸溪门对秤陀山。

泸溪门对虎头礁，上坡门前不解轿。
水打长潭烂如油，大小背留在前头。

车轿三台坐三坡，哥恋妹来妹恋哥。

哥哥恋妹年纪小，妹妹恋哥莫奈何。

水流河中清如油，轮胎急水往东流。
从此往上走一阵，黄土筑墙是乾州。

进了东门出西门，抬眼看见桐油坪。
东门进，西门出，走到上头狮子庵。

寨阳坐在牛形地，坪郎好个养鹅坪。
上坪郎来下坪郎，双手扒船要渡江。

走到归进歇一歇，两半苗子一半客。
一路跟着河上走，矮寨就到坐头里。

矮寨坐在两叉河，不知要走大河并小河。
大河小河我不走，必然要上补求坡。

要上坡，本也难，上了一湾又一湾。
晓得受苦我不来。

要上坡，本费力，上了一坡又一坡。
晓得受苦我不行。

补求坡头风又急，没个歇处没水吃。
登了坡，解了轿，前头走到岩板桥。

急急走，忙忙行，杨孟坐在面前程。
急急走，忙忙来，此间走到排碧街。

如今排碧搬了场，排碧街上闹扬扬。
排碧街下我不走，走上排碧土地堂。
土地跟我要纸钱，我跟土地要婆娘。

过了土地走一程，勾肉坐在面前停。
我往勾肉寨边走，洞冲坐在当面前。

来到对门闻听锣鼓响，响喤喤。
不知东君何处坐，这家会是东家郎。

来到对门闻听锣鼓响，响沉沉。
不知东君何处坐，这家会是我东君。

左一看来右一看，主东坐个好屋田。
哪位先生照顾你，九天玄女下罗盘。

左一望来右一望，主东坐个好屋场。
哪位先生照顾你，白鹤仙人断阴阳。

左边起个牛栏殿，右边起个马栏房。
起个牛栏牛成对，起个马栏马成双。

要得来时不得来，门头老鬼把门关。
要得进门不得进，门头老鬼关了门。

左边把门秦叔宝，右边把门敬德君。
秦叔宝来敬德君，唐王委你把门神。
你是千年把门鬼，为何把我土地门？

有请恭请进傩坪，无请勒马转回身。
有请恭请进傩堂，无请勒马转回乡。

要得来时也得来，门头老鬼把门开。
要得进门也得进，门头老鬼开了门。

左手打开门两扇，右手拍开两扇门。
左手开门金鸡叫，右手开门凤凰声。

左脚进门送贵子，右脚进门送子孙。
左脚进门送财宝，右脚进门送金银。

左脚进门送牛马，六畜牛马养成群。
右脚进门送米价，前仓得满后仓登。

三岁娃儿远远开，土地勒马赴傩来。
三岁娃儿远远分，土地勒马赴傩坪。

叫你开来你快开，马脚伤你喊连天。
叫你分来你快分，马脚伤你喊连声。

三十三天雾沉沉，落在九霄云雾里。
三步云车两步马，飞云走马到傩坪。

三十三天雾冬冬，落在九霄云雾中。
三步云车两步马，飞云走马到傩中。

进了东家一重门，看见神。
琉璃瓦屋挂对子，门神贴在两边门。

进了东家二重门，看见神。
黄犬一对滚草堆。
别人看见稀奇事，左边狮子右麒麟。

进了东家三重门，看见神。
鸡公一对啄雄兵。
别人看见稀奇事，双凤朝阳闹当厅。

进了东家四重门，看见神。
东有人来西有人。
东边有人张果老，西边有人吕洞宾。

进了东家五重门，看见神。
岳府爷爷坐当厅。
岳府爷爷当厅坐，灯花蜡烛亮晶晶。

自从不到傩堂内，君王要我说原根。
葫芦有根话有把，水有源头木有根。

万丈高楼从地起，从头一二说分明。
有名才到金宝殿，无名不到此傩坪。

家住四川成都府，大岩脚下是家门。
我娘本是祝家女，我爹本是肖家人。

祝家女，肖家人，良缘数记结为婚。
祝家女，肖家郎，前世注定两鸳鸯。

我娘养我九兄弟，九兄九弟通有名。
大哥上天跟玉帝，二哥地府土地神。

三哥岩山为土地，四哥铁山土地神。
五哥城隍为土地，六哥当坊土地神。

七哥桥梁为土地，八哥菜园土地神。
剩我第九年纪小，安在傩堂耕阳春。

土地神，土地神，本是前娘后母后。
先配姓陈亡过早，后配姓肖结为婚。

前娘养我四个子，后娘养我五个人。
前娘四子为功曹，年月日时四值因。

前娘四子登仙去，后娘五子镇乾坤。
不说原根愿不明，说了原根赴傩坪。

【做阳春】

正月里，正月间，土地老人打秋千。
同倒姊妹秋千打，细细袜鞋尖对尖。

正月里，当岁头，每岁孟春从此游。
各处姊妹把年拜，看望爷娘问安否。

二月里，百花春，土地老人挖毛岭。
二月里，百花香，土地老人挖毛刚。

二月里，二月间，土地老人砍干柴。
多砍干柴家中放，六月日头难上山。

三月里，三月间，牵牛下水耙秧田。
快耙秧田快下种，只有剩秧莫剩田。

三月里，是清明，排家排户耕阳春。
对门阳雀安安叫，一声不了又一声。

雀儿婆来雀儿婆，天天你踩烂我的谷。
土地老人手段好，一枪弹死雀儿婆。

雀儿娘来雀儿娘，天天你踩烂我的秧。
土地老人手段好，一枪弹死雀儿娘。

四月里，正当忙，吃了急忙去栽秧。
一班栽插一班扯，栽成看来行对行。

扯香扯个牛头秧，栽完这行栽那行。
扯香扯个秧牛头，栽完这丘栽那丘。

年年有个四月八，老秧田中无人插。
屋里好个妹妹守，喊她来把大什插。

快快扯来快快插，扯插轻飞乱如麻。
夜头煮餐糯米饭，炖块腊肉洗犁耙。

五月里，是端阳，龙船花鼓闹长江。
莫在家中无闲事，岳王山上锄高粱。

五月里，五月间，龙船花鼓闹喧天。
五月十五涨大水，河马头上扒龙船。

六月里，热快快，田中之水热如汤。
只有六月天色大，莫贪家中处阴凉。

六月里，禾天天，田中禾苗长得好。
昨夜落点毛毛雨，一到早晨路滑好。
土地老人看田水，走到田坑滚断腰。

我的大娘有用处，双手抱住我的腰。
我的二娘有用处，金盆打水洗我腰，
我的三娘有用处，快拿擂钵擂胡椒。

七月里，七月间，打扮铧犁割早黏。
人人说我早黏好，今年不比那往年。

七月里，立了秋，新谷新米上街头。
五谷米价家中富，人人说我是富翁。

八月里，是收成，收谷收米转家门。
东仓西库都装满，前仓装满后仓登。

八月里，八月八，收谷收米转回家。
东仓西库都装满，前仓得满后仓扎。

九月里，是重阳，家家户户造酒缸。

莫在家中吃米酒，岳王山上摘高粱。

九月里，九月间，风吹树叶落满山。
土地老人无闲事，背个背笼捡干柴。

十月里，立冬忙，老人无事守牛郎。
老人放牛山上去，看见牛公爬牛娘。

十月里，立了冬，尽是打柴煮饭工。
早早煮饭山上去，莫送客来耽误工。

冬月里，大雪节，雪花落来遍地白。
大雪过后天一冷，雪上加冷冷加雪。

腊月里，腊月来，脚又冷来手又辣。
困到半夜睡不住，土地老人调戏她。

腊月里，腊月间，一十二月满一年。
预备酒肉和小菜，糯米打粑过年来。

【轮寿岁】

土地老人一十一，双手跟娘讨奶吃。
二十二，单身出门不怕事。
三十三，一锤打破铁门山。

土地老人四十四，抬得犁耙跨过刺。
五十五，扒得龙船打得鼓。

土地老人六十六，排天吃酒又吃肉。
七十七，边生头发边绞鸡。

土地老人八十八，一副牙齿像大耙。
九十九，龙头拐棍不离手。

加上一岁登一百，光是吃得做不得。
一百一，弯了腰来驼了背。

土地老人一百二，接水阶前走不到，
一百三，双手摸地不见天。

【排座位】

第一哥哥排座位，排到天门土地神。
天上之人敬奉我，风调雨顺万物兴。

第二哥哥排座位，排到地府土地神。
地下之人敬奉我，土养千千万万人。

第三哥哥排座位，排到岩山土地神。
岩匠之人敬奉我，一本万利转家门。

第四哥哥排座位，排到铁山土地神。
打铁之人敬奉我，一本万利转回身。

第五哥哥排座位，排到城隍土地神。
满城之人敬奉我，平安清泰坐一城。

第六哥哥排座位，排到当坊土地神。
村寨之人敬奉我，五瘟移送十方门。

第七哥哥排座位，排到桥梁土地神。
修桥之人敬奉我，五男二女送上门。

第八哥哥排座位，排到菜园土地神。
菜园之人敬奉我，苦瓜茄子满园春。

第九哥哥排座位，排到傩堂土地神。
还愿之人敬奉我，人旺财兴坐太平。

如今座位排完了，转来辞别五岳神。
一辞东山神帝公，白马云中一路同。

二辞南山神母娘，白马云中一路行。
三辞三清并大道，白马云中一路遥。

辞别满屋众位亲，唱得不好莫笑人。
谁人背后无人说，哪个人前肯说人。

辞别陪伴鼓和锣，二人慢打长声鼓。
白马云中笑呵呵。

辞别斋堂香蜡师，耐烦服侍这堂神。
又烧香来又点蜡，燃香点亮到天明。

唱去唱来口又干，摇去摇来脚又酸。
口又干来脚又酸，跟你主东讨船钱。

华山也要路费走，过水也要水船钱。
不烧是纸烧是钱，来了一年保万年。
不烧是纸烧是银，来了几代不回身。

将军跳下马，各自奔前程。
当日许愿叩动我，我在桃源洞内听。
如今还愿请到我，我来坛上领良因。

莫恋场来莫忘场，天也忙来地也忙。
莫在傩堂贪玩耍，外头勒马闹扬扬。

马在门前披鞍蹬，船在江边要起身。
双脚跳上高头马，风吹马尾骑仙人。
双脚跳在法船上，船开不念后头人。

来有鸣角相迎请，去有鼓锣奉送神。
出门放起三连炮，双吹双打我起身。

土地不到愿不明，来了几代不回身。
土地不到愿不长，来了一堂准千堂。

土地回转桃源洞，又到判官出洞门。
土地回转到桃源，又到判官出洞来。

十九、判官神歌

我的桃源宽心坐，柳判大人坐宽心。
一封文书来相请，请我柳判出洞门。

到辰州，讲辰州，辰州居住五龙头。
辰州上来有三湾，泸溪门对秤砣山。

进了东门出西门，抬眼看见桐油坪。
东门进，西门出，走到上头狮子庵。

矮寨坐在两叉河，不知要走大河并小河。
大河小河我不走，必然要上矮寨坡。

如今排碧搬了场，排碧街上闹扬扬。
排碧街下我不走，走上排碧土地堂。
土地跟我要纸钱，我跟土地要婆娘。

赶路行船来得快，不觉来到东家门。
三步云车两步马，飞云走马到傩坪。

莫说柳爷理不通，柳判也是读书公。

昨日启建先起你，今朝柳判拜虚空。

莫说柳爷理不开，柳判也是读书来。
昨日启建先起你，今朝柳判拜家先。

莫说柳爷理不明，柳判也是读书人。
昨日启建先起你，今朝柳判拜灶神。

一请东方青判官，骑青马，抬青轿。
穿青衣，戴青帽，挽青弓，架青箭。
抬青旗，吹青号，踏青鞋，
手拿青笔来钩愿。

二请南方赤判官，骑赤马，抬赤轿。
穿赤衣，戴赤帽，挽赤弓，架赤箭。
抬赤旗，吹赤号，踏赤鞋，
手拿赤笔来钩愿。

三请西方白判官，骑白马，抬白轿。
穿白衣，戴白帽，挽白弓，架白箭。
抬白旗，吹白号，踏白鞋，
手拿白笔来钩愿。

四请北方黑判官，骑黑马，抬黑轿。
穿黑衣，戴黑帽，挽黑弓，架黑箭。
抬黑旗，吹黑号，踏黑鞋，
手拿黑笔来钩愿。

五请中央黄判官，骑黄马，抬黄轿。
穿黄衣，戴黄帽，挽黄弓，架黄箭。
抬黄旗，吹黄号，踏黄鞋，
手拿黄笔来钩愿。

【五方五位判官请酒】

初杯酒，劝柳判，诚心钧愿回华山。
惊堂一下辞銮殿，桃红柳绿消桃源。

吃了一杯心不美，二杯烦扰主东添。
酒师拿壶把酒奠，今朝呈劝老柳判。

二杯酒，喝得浓，云头拨转见日红。
多谢东君酒茶礼，钧愿不辞费精神。

吃了二杯心不美，三杯烦扰主东君。
酒师拿壶把酒敬，今朝呈劝酒三巡。

二杯酒，竹叶青，夸白当日醉纷纷。
吃了三杯通大道，昏昏醉醉钧愿神。

好吃好呷好东西，大块大块像蒙梨。
厨官刀手多伶俐，耳肉办得到口融。

【丢簿子】

簿子丢在烂泥田，丢在烂泥成万年。
成了万年湿烂了，你来取愿我来还。

毛笔丢在沙洲上，丢在沙洲成万年。
成了万年湿烂了，你来取时成围子。
围子竖了千年围，你来取愿我来还。

秤砣丢在烂泥田，丢在烂泥成万年。
成了万年湿烂了，你来取愿我来还。

【撤营】

东方立了木城寨，撤乱东方木城营。
庚金克冲木城寨，木营楼内乱纷纷。

木神兵马无坐处，收旗收号转法门。
木神兵马前头走，别家有事又相迎。

南方立了火城寨，撒乱南方火城营。
壬水克冲火城寨，火营楼内乱纷纷。

火神兵马无坐处，收旗收号转法门。
火神兵马前头走，别家有事又相迎。

西方立了金城寨，撒乱西方金城营。
丙火克冲金城寨，金营楼内乱纷纷。

金神兵马无坐处，收旗收号转法门。
金神兵马前头走，别家有事又相迎。

北方立了水城寨，撒乱北方水城营。
戊土克冲水城寨，水营楼内乱纷纷。

水神兵马无坐处，收旗收号转法门。
水神兵马前头走，别家有事又相迎。

中央立了土城寨，撒乱中央土城营。
甲木克冲土城寨，土营楼内乱纷纷。

土神兵马无坐处，收旗收号转法门。
土神兵马前头走，别家有事又相迎。

【倒傩】
倒傩莫往天边倒，天边不是倒傩坪，
倒傩莫往地下倒，地下倒傩不翻身。

倒傩莫往庙中倒，神娘难得听经文。
倒傩莫往学堂倒，神娘难得听书音。

倒傩莫往别人法师坛中倒，法师老了难行兵。
弟子年方二十岁，青春年少好行兵。

倒傩要往三千门下倒，此处才是倒傩坪。
一头倒往桃源门，两头倒往冤家门。

千家千户你儿子，万家万户你子孙。
人民高头是你子，百家门上领良因。

二十、辞神歌

酬神酬到天明亮，赛愿赛到大天明。
今日户主道场圆毕了，分别席散转回身。

好个大塘撒了坝，好重良愿又无名。
二帝君王后头莫用切反悔，还有柳判在中心。

良愿判官落了簿，此愿落在簿当清。
柳判打开金书簿，一笔勾销了愿神。

坐坛不是种荞麦，停兵养马坐不得。
停兵养马坐不住，君王勒马转回国。

坐坛不是种荞青，停兵养马坐不成。
停兵养马坐不住，二帝君王勒马回头转回身。

石榴花开叶儿黄，这边江山坐不长。
这边江山坐不住，君王勒马转回乡。

石榴花开叶儿青，这边江山坐不成。
这边江山坐不住，二帝君王勒马回头转回身。

高坡不是栽茄树，平地不是养马场。
长江不是养鱼塘。
高坡栽茄茄不成，平地养马马不长。

二帝君王回到宽州并大县，好处停兵歇马场。
无春无夏无秋冬，果饼仙洞不老乡。

浅水不是龙停处，龙要返身转大江。
毛岭不是虎坐处，虎归深山隐处藏。
此地不是神歇处，二帝君王勒马回头转川洋。

东方亮，海水青，家中金鸡把翅伸。
满天星斗各归位，双皇龙驾转回身。

南方亮，海水吼，家中金鸡把翅抽。
满天星斗各归位，双皇龙驾转回头。

西方亮，海水白，家中金鸡把翅拍。
满天星斗各归位，双皇龙驾转回国。

北方亮，海水潮，家中金鸡把翅摇。
满天星斗各归位，双皇龙驾转回朝。

中央亮，海水黄，家中金鸡把翅亮。
满天星斗各归位，双皇龙驾转回乡。

东出日头照西边，君王勒马转桃源。
神灵回转桃源洞，弟子领兵转法坛。

转到法坛行香火，二仙姊妹保团圆。
初一装香到十五，一年四季信周全。

东出日头照西方，君王勒马转川洋。

神灵回转桃源洞，弟子领兵转法堂。

转到法堂行香火，六位师尊佑命长。
初一装香到十五，一年四季信满堂。

东岳齐天归山东，圣天府内好发恩。
送神你往水化县，河化流水米可融。

南岳安天归安南，衡州殿内好安然。
送神你往衡南县，南岳顶上是云端。

西岳金天归西京，西京殿内好皇恩。
送神你往西京府，当如老祖是华山。

北岳司天归北京，晚平殿内闹沉沉。
送神你往晚平殿，堪如总统坐北京。

中岳中天归湖南，湖南大路上华山。
送神你往华山殿，五南发下进中天。

五天五岳归五位，东南二神转华山。
满堂师父转归华山殿，二仙姊妹转桃源。

来有下马保三筶，去有合同三筶谢东君。
下马三筶连连保，求筶金来求筶银。

满堂师父起车要谢信士户主猪羊牛和马，
六畜牛马谢东君。
要谢一副神竹筶，众凭神筶谢东君。

神娘起车要谢信士户主五男和二女，
双男贵子送上门。
要谢一副阳竹筶，开副阳卦谢东君。

君王起车要谢信士户主五谷并米价，
五谷米价谢东君。
要谢一副阴竹笤，五阴落地谢东君。

人来生斗神生甲，手抓傩头转回家。
人来生斗神生人，手抓傩尾转法门。

满堂师父收拾钱财一担挑，师尊去了我心焦。
把副龙袍扯根线，别家有事又相邀。

神娘收拾钱财一担走，神娘去了我心忧。
把副龙裙扯根线，别家有事又相求。

君王收拾钱财一担行，君王去了我心惊。
把副龙袍扯根线，别家有事又相迎。

想留满堂师父歇一晚，厨中缺少猪和羊。
想留君王歇二晚，又无金被盖金床。
想留神娘歇三晚，更无玉女巧梳妆。

堂前自酒留留客，哪有堂前久留神。
留客缺少茶和饭，留神缺少香和蜡。
留客不如早打发，二帝君王勒马回头转回家。

祝英台来祝九郎，同在宁山共学堂。
读了三年四书满，收拾课本转回乡。

祝英台来祝九人，同在宁山共学文。
读了三年四书满，收拾课本转回身。

倒傩莫往天边倒，半天云雾闹纷纷。
倒傩莫往地下倒，地下倒傩不翻身。

倒傩莫往庙中倒，神娘难得听经文。
倒傩莫往学堂倒，神娘难得听书音。

倒傩莫往别人法师堂中倒，法师老了难行兵。
弟子年方二十岁，青春年少好行兵。

倒傩要往三千门下倒，此处才是倒傩坪。
一头倒往桃源洞，两头倒往冤家门。

千家千户你儿子，万家万户你子孙。
人民高头是你子，百家门上领良因。

昨日启建打五鼓，如今去时撤五营。
五鼓昨日来起殿，撤乱五营转回神。

东方立了木城寨，撤乱东方木城营。
牯牛烂乱金华殿，放火烧烂木城营。
庚金克冲木城寨，木营楼内乱纷纷。

木神兵马无坐处，收旗收号转法门。
木神兵马前头走，别家有事又相迎。

南方立了火城寨，撤乱南方火城营。
牯牛打烂金华殿，放火烧烂火城营。
壬水克冲火城寨，火营楼内乱纷纷。

火神兵马无坐处，收旗收号转法门。
火神兵马前头走，别家有事又相迎。

西方立了金城寨，撤乱西方金城营。
牯牛打烂金华殿，放火烧烂金城营。
丙火克冲金城寨，金营楼内乱纷纷。

金神兵马无坐处，收旗收号转法门。
金神兵马前头走，别家有事又相迎。

北方立了水城寨，撤乱北方水城营。
牯牛打烂金华殿，放火烧烂水城营。
戊土克冲水城寨，水营楼内乱纷纷。

水神兵马无坐处，收旗收号转法门。
水神兵马前头走，别家有事又相迎。

中央立了土城寨，撤乱中央土城营。
牯牛打烂金华殿，放火烧烂土城营。
甲木克冲土城寨，土营楼内乱纷纷。

土神兵马无坐处，收旗收号转法门。
土神兵马前头走，别家有事又相迎。

一槌打破窗子眼，外头得见里头人。
三位神灵无坐处，收旗收号转回身。

满堂师父起车莫带信士户主猪羊牛马去，
六畜牛马谢东君。

君王起车莫带信士户主五谷米价去，
五谷米价谢东君。

神娘起车莫带信士户主五男二女去，
五男二女谢东君。

莫带龙公龙母去，龙在九溪九岭云。
莫带家亡先祖去，留作为恩保佑人。

莫带灶公灶母去，灶公灶母留在灶堂坐。

保佑千年炕茶莫起火，万代炕米烟莫登。

莫带门头老鬼去，留下守住护家门。
千年把住两扇门，万代把住两扇门。
好神莫放他出去，恶鬼莫进东家门。

高坡大庙带出去，地坡小庙带出门。
高坡大庙用鞭打，地坡小庙用鞭分。

铺起天桥前头走，地桥累累后头行。
阴阳二桥前头走，龙车一道转回神。

阳人行路怕天黑，神娘行路怕天明。
神娘关在八人轿，乌云朵朵遮你影。

第二部分　苗语歌

1.

棍空棍得尼否将，

Ghunb kongb ghunb del nis woul jangt，

林豆林且将否拢。

Liongx doud liongx nqeb jangt woul lol.

虐西林豆浪告样，

Nius xib liongx doud nangd ghob yangb，

虐满林且否阿纵。

Nius manl liongx nqeb woul ad zongx.

西吾孝斗否当项，

Xib ub xot deul woul dangl xangb，

刚棍扛虫尼否林。

Gangd ghunb gangd nzhongb nis woul linl.

祖师宗师是他放，林豆林且放他来。

原始林豆的行上，古始林且他一坛。

祭宗祭祖他当行，主持祭仪他为先。

2.

喂斗得寿候拢孝，

Weid doud del sheud heut lol xot，

剖弄告得候拢西。

Boul nangd ghob del heut lol xib.

巴代巴寿苟标报，

Bad deab bad sheud geud nbloud bos，

灾松八难莎免齐。

Zead seid bax nanb sat miant nqib.

斗补告补莎吉乔，

Doub bul ghob bul shad jid jod，

棍缪棍昂照否起。

Ghunb mloul ghunb ngangx zhos woul kit.

向剖向娘最久叫，

Xangb poub xangb niangx zeix jiud jos，

向内向玛莎单最。

Xangb ned xangb mat sat dand zeix.

巴代巴寿到家内，灾星八难都免完。

寨祖土地也来临，鱼神肉神从他先。

祖公祖婆都来齐，祖母祖父齐到边。

才把大祖来奉祭，做发做旺在人间。

3.

得寿纵棍安如汝，

Deb sheud zongx ghunb ngand rut rut，

安照虫标禾得善。

Ngand zhot nzhongb nbloud ob dex shanb.

意记松斗窝达吾，

Yib jid songt deul ob dad us，

依打穷炯禾出闪。

Yib deas nqot jongt ob chud shant.

补谷补勇提周葡，

Bub gul bub yongb ndeib zhoux pul，

补谷补飞图岭先。

Bub gul bub fed ndul liox xanb.

禾雄穷梅出阿布，

Ob xongt njongl mel chud ad bud，

禾走抗闹见几产。

Ob zeud kuangb lod jant jid canb.

得寿祖坛安好好，安在堂屋后上方。
三十三块神布条，三十三条神绸当。
竹桥铜铃在中靠，骨卦神筶收中央。
有时人请出门了，先要来此敬祖堂。

4.

得棍嘎头列充闹，

Deb ghunb nghad ndeud lies ceit lot,

充埋列嘎头尼拢。

Ceit mex lies nghad ndeud niex lol.

见乖头奶嘎吉报，

Janx gueb ndeud ned nghad jid bos,

见抗头浪嘎几分。

Janx kuangt ndeud nangd nghad jid fend.

呕秋嘎见苟拢照，

Oub qeut nghad janx geud lol zhot,

呕秋嘎兵林拿林。

Oub qeut nghad nblongl liox nangx liox.

剪纸小神要请到，请到要剪长纸钱。
两束剪好真的妙，两束剪得很大开。
插在锣鼓上头好，插好美妙神喜欢。

5.

几扑龙尼莎龙爬，

Jid pud nongx niex shad nongx nbeat,

莎列苟爬龙起头。

Sad lies geud nbeat nongx kit ndoul.

少包列苟禾炯岔，

Shod bod lies geud ob jongx nchat,

列奈禾炯候阿柔。

Lies hnant ob jongx heut ad roul.

奈否候拢抱达爬，

Hnant woul heut lol beux dab nbeat,

抱爬列苟巴豆手。

Beux nbeat lies geud bad doux khoud.

商议椎牛先吃猪，先要把猪吃起头。

赶快请那舅爷至，要喊舅爷帮一手。

喊他来帮打猪死，打猪要拿木棒头。

6.

龙尼迷抢久纵在，

Nongx niex mis qangt jet zongt zead,

强强腊照几嘎龙。

Njangl njangl nangx zhos jad gax nongx.

几嘎出爬扛剖产，

Jad gax chud nbeat gangs boub cand,

禾炯苟汉巴豆通。

Ob jongx geud hant bad doux tongd.

大否几没留阿全，

Dat woul jid mex lioul ad janb,

龙尼叉起到太平。

Nongx niex tad kit dot teab nblengl.

椎牛多次不平安，常常都着几嘎吃。

几嘎做猪送人斩，舅爷把帮木棒槌。

打他没有留情面，椎牛才得太平起。

7.

几嘎格咱内抱爬，

Jad gax nkhed zead nex beux nbeat,

干干几够崩寿昂。

Git git jid goud beil shoub ngangx.

闹热几干苟堂嘎，

Nob rel jid gant gheat ndangl gheat,

干格吉上岔德然。

Gant geid jid shangt nchat dex ranx.

相剖相娘同哈哈，

Xangb poub xangb niangx tongd hat hat,

西向少奈几最咱。

Xib xangb shob hnant jid zeix zhal.

几嘎看见打猪的，悄悄怕得打哆嗦。
闹热不敢到堂内，急忙赶快找地躲。
祖公祖婆笑嘻嘻，祭祖都请齐来合。

8.

几嘎自尼禾炯几候大，

Jad gax zib nis ob jongx jid heut dat,

尼汝禾炯候阿斗。

Nis rut ob jongx heut ad doul.

叉苟几嘎否大洽，

Cad geud jad gax would at nqeat,

昂候禾炯共阿苟。

Ngeax heub ob jongx ghot ad goul.

得起得写枪阿八，

Deb qib deb xed qangb ad nblas,

久扛几奶龙阿吼。

Jet gangs jid hleb nongx ad houd.

几嘎就是舅爷打，好在舅爷帮一手。
才把几嘎他打怕，忌肉一腿舅爷留。
肚肠五花串一下，不送哪个吃一口。

9.

他拢列苟油滚送，

Ntat nengd lies geud yul ghunx songt，

吉岔列抱油滚起。

Jid chat lies bos yul ghunx kit.

送约油滚西向共，

Songt yol yul ghunx xid xangd ghot，

向内向玛充儿最。

Xangb ned xangb mat ceit jid zeix.

油滚送扛林豆冲，

Yul ghunx songt gngs liongx doud nchot，

扣闹林豆浪中吹。

Keub lot liongt doub nangd zhongx cheid.

今天要把黄牛送，规矩先杀黄牛起。
送了黄牛西向共，祖母祖父请来齐。
黄牛交去林豆送，关到林豆牛栏里。

10.

送尖扛内抱油葡，

Songt janx gangs nex beux yul pud，

再送炯散高炯达。

Zai songt jongs sanb ghox jongs deal.

送酒炯散闹棍无，

Songt joud jongs sanb lot ghunb wub，

棍到油滚周哈哈。

Ghunb dot yul ghunx zhod hat hat.

江起江写拿达吾，

Jangx qib jangx xed nangx dal wub，

吉候杜标扛发家。

Jid heut dud nbloud gangs fal jad.

送了人们杀黄牛，还送七呈和七碗。

送酒七呈敬祖后，祖神笑得很喜欢。
心中喜欢来保佑，保佑主家送发财。

11.

棍空候剖苟油送，
Ghunb kongb heut boub geud yul songt，
送扛林豆否浪标。
Songt gangs liongx doud woul nangd nbloud.
再列江楼亚江弄，
Zeab lies jangs noux yab jangs nongt，
江楼江闹邦苟斗。
Jangs noux jangs lot bangt goul doub，
江楼江你腊禾洞，
Jangs noux jangs nieb las ob dongs，
汝楼汝弄几良偷。
Rut noux rut nongt jid liangl toub.

祖师送了黄牛起，送到林豆他的家。
再要栽谷又栽米，栽谷栽到土中发。
栽谷栽在大田内，好谷好米真不差。

12.

龙约达爬列西向，
Nongx yol dab nbeat lies xib xangb，
向剖向娘几然充。
Xangb poub xangb niangx jid reax ceit.
向内向骂尖尖江，
Xangb ned xangb mat janl janl jangx，
然照夯告阿堂拢。
Reaxzhot hangd ghot ad dangs nend.
交温公色腊吉将，
Jod weib nghongd sed nangs jid jangx，
交笑录然腊几分。

Jod xob lul ranl lal jit fend.

棍向内虐全见扛，

Ghunb xangx nex niul janl janl gangs,

几叟吉研炯阿纵。

Jid seub jid nkand jongt ad zongx.

龙抽服术列嘎长，

Nongx ncheut hud sub lies ghad nzhangd,

吉奈列苟打尼龙。

Jid hnant lies geud dab niex nongx.

吃猪后把家祖祭，祖父祖母都要请。
祖母祖父喜心内，敬在火炉边上等。
供粑块粑割分吃，块粑糯供割来分。
祖神凡人都分配，喜笑颜开坐一轮。
吃饱喝醉莫回去，大家要敬大祖神。

13.

列充阿剖大松闹，

Lies ceit ad poub dad sob lot,

炯奶汝内埋闹拢。

Jongs leb rut nex mex lot lol.

莎列然埋叉出到，

Sead lies reax mex cad chud dot,

送尼苟扛林豆猛。

Songt niex geud gangs liongx doub mongl.

充埋单拢苟堂报，

Ceit mex dand nend geud ndangl bos,

炯照鸟豆服酒兄。

Jongt zhos niox doub hud joud xongb.

要请祖神雷公爷，七个好人从空下。
先要敬你才做得，送牛交到林豆家。
你们到此项进堂内，坐在门前喝酒耍。

14.

炯奶汝内最长闹，

Jongs neb rut nex zeix nzhangd lol,

炯图汝嘎莎拢最。

Jongs ndut rut kheat sat lol zeix.

龙昂服酒埋出到，

Nongx ngangx hud joud mex chud dot,

龙数服抽莎满起。

Nongx sub hud ncheut sat mant qib.

列猛林豆布吹报，

Lies mongl liongx doub bux cheid bos,

林且候剖猛布吹。

Liongx nqeb heut boub mongl bul cheid.

七个好人齐驾到，七位好众都来齐。

吃肉喝酒你们要，酒醉饭饱心满意。

要把林豆门开了，林且大门要开起。

15.

列猛候剖苟吹布，

Lies mongl heut boub geud cheid bud,

竹吹呕告布几开。

Zhux cheid oub ghot bud jit keal.

金倒剖列送油葡，

Gid ndot boub lies songt yul nbut,

莎苟油滚送扛单。

Sat geud yul ghunx songt gangs dand.

告追送尼苟油弄，

Ghod zheit songt niex goul yul longb,

林豆林且叉满善。

Liongx doud liongx nqeb cad mant shanb.

要去帮助把门开，两扇大门打开分。

人们好把牛送来，先把黄牛来交清。
以后再送水牛添，林豆林且才满心。

16.

出约棍松出棍弄，
Chud yod ghunb sob chud ghunb nongt,
棍楼棍弄出单见。
Ghunb noux ghunb nongt chud dand janx.
浪洋冬豆叉出岭，
Nhangb yangl dongs doub cad chud liot,
出斗出他岭冬千。
Chud doud chud ntat liot dengd nqanl.

敬了雷祖敬谷祖，谷祖米神要敬来。
这样人间才做富，发旺致富富登天。

17.

拔浪棍楼拢单标，
Npad nangd ghunb noux lol dand nbloud,
浓浪棍弄闹单得。
Nit nangd ghunb nongt lot dand dex.
几北摆汝便散酒，
Jid bex beat rut nblab sanb joud,
昂汝摆照弄几北。
Ngangx rut beat zhot lot jid bx.
拼散拼卡扛埋口，
Nplob sanb nplob kad gangs mex khoul
拢达拢这扛埋没。
Longl deal lol zhet gangs mex nbeb.
龙抽其夫内杜标，
Nongx ncheut jid fud nex dud nbloud,
出斗出他几篓内。
Chud doud chud ntat jid loux nex.

拔浪棍楼来到此，浓浪棍弄到此来。
供桌摆好五呈酒，好肉摆在桌上面。
吹气吹味敬到口，盘碗食供请用餐。
吃饱要来做保佑，做发做旺在人间。

18.

料弄爬楼爬沙沙，

Liot nongt nbad noux nbad shad shad,

阿高几误单同同。

Ad god jet wub danx ndongd ndongd.

爬弄爬猛邦路岔，

Nbad noux nbad mongl bangt lut cad,

禾邦路荒爬阿充。

Ob bangt lut fangd nbad ad cong.

达起爬汝剖散茶，

Tad kit nbad rut boub sanb nzat,

修照热扎白冬东。

Xoud zhos rel zax bed ndongd ndongd.

料弄爬楼续籽细，一菀不误直渺渺。
续米续到田土内，荒土成片都续了。
这才续好耕作地，丰收满库满得好。

19.

爬楼列猛腊吾料，

Nbad noux lies mongl las wub liob,

腊吾吉浪爬几足。

Las wub jid nhangs nbad jid jiul.

阿柔洽白照内泡，

Ad roul nqeat bex zhos nex pot,

抓闹腊浪阿堂吾。

Zhad lot las nhangs ob ndangl wub.

爬到几长苟标包，

Nbad dot jid nzhangd geud nbloud bos,

见闹浪热浪几图。

Jant lot nhangs rel nangd jid ndub.

续谷要去水田找，水田里面找送足。

过去怕落被丢掉，掉在田内的水中。

续得回来转家到，收在家中的仓库。

20.

纠龙路剖拿列料，

Jox leix lut peub nax lies liot,

谷江路先料长齐。

Gul jangd lut xand liot nzhangd nqib.

几得猴散料吉叫，

Jid dex houl sanb liot jid jos,

吉秋喂茶料几最。

Jid qeut weis nzat liot jid zeix.

白照号几爬扛到，

Bex zhos hob jib nbad gangs dot,

久扛然照阿交几。

Jet gangs ranx zhos ad jod jib.

九块土中要去找，十块地头找得齐。

耕种田土都找到，找遍耕作的田地。

撒在哪里都要找，不让丢失在那里。

21.

列爬禾得寿格浪，

Lies nbad ob dex shod gid nangs,

受照斗见白阿够。

Shod zhot doub janx bex ad goud.

送巧共虫浪禾样，

Songt qod nghet nzhongb nhangs ob yangb,

几白吉热打虫苟。

Jid bex jid res dad nzhongb goud.

浪剖爬单长出忙，

Nangd boub nbad dand nzhangd chud mangl，

见照热杂照白标。

Jant zhot rel zax zhot bed nbloud.

要续晒谷的场地，晒在晒席撒一点。

担谷抬挑路道里，撒落丢在路途边。

闻我找寻回成队，收在仓库家中满。

22.

录最录边否求抓，

Nus zeib nus nblanl woul njiud zhad，

不到用猛阿半冬。

Bul dot yit mongl ad band deib，

洽不抓闹邦孺茶，

Nqeat bul zhad lot bangt rud nzat，

阿半抓闹吉吾猛。

Ad beab zhad lot jid ub mongl.

白闹号几剖列岔，

Bex lot hob jib boub lies nchat，

爬到板你禾热拢。

Nbad dot beat nieb ob rel nhongb.

麻雀鸟类用嘴啄，啄得飞去遍山峰。

怕背掉落深山处，一些掉落在水中。

掉到哪里都要续，续回收在仓库中。

23.

阿柔西昂苟补求，

Ad roul xib ngangx geud bul njout，

洋吾洋便阿散拢。

Yangs wub yangs nbleat ad sanb nongl,
求补求冬会剖楼,
Njout bul njout deib fet boud lous,
奶楼奶弄白几炯。
Leb noux leb nongt bex jid jongb.
爬照西昂浪内苟,
Nbad zhos xib ngangx nangd ned goud,
料到长拢摆热纵。
Liot dot nzhangd lol beat rel zongx.

古时先祖迁徙路,沿溪沿崖一路来。
迁徙路走所过处,谷粒米粒撒路边。
找在古时的路途,找得回来收仓满。

24.
料猛剖娘浪鸟这,
Liot mongl poub niangx nangd niox zhet,
鸟香鸟这干阿够。
Niox xangd niox zhet gant ad goub.
干你热杂浪禾特,
Gant nieb rel zax nangd ob ntet,
阿柔西昂浪热周。
Ad roul xib ngangx nangd rel zhoud.
料埋长拢尼剖列,
Liot mex nzhangd lol nis boub lies,
爬楼料弄长出抽。
Nbad noux liot nongt nzhangd chud choud.

找去先祖的印碗,升斗印粮沾一点。
沾在先人粮仓盖,古代先人仓库边。
我们今天找回来,爬楼料弄都回转。

25.

爬到长拢剖列安，

Nbad dot nzhangd lol boub lies ngand,

安埋炯闹热杂猛。

Ngand mex jongt lot rel zax mongl.

呕热补热苟安埋，

Oub rel bub rel geul ngand mex,

归楼归弄闹剖拢。

Ghunb noux ghunb nongt lot boub dengx.

白照号阿从川川，

Beat zhot hob ad nzongt canb canb,

打豆他崩特他中。

Dad doub ntat box ntet ntat zhongd.

照拢列扛岭冬千

Zhos nend lies gangs liot dengd qand.

岭报柔得柔嘎猛。

Liot bos reux deb reux gead mongl.

续得回来便要安，把你安在仓库中。
两仓三库安起来，谷祖米神佑粮丰。
收在仓库都装满，粮库装得满当当。
以后要送富登天，儿子儿孙都昌隆。

26.

香弄达尼莎不青，

Xangd nongx dab niex shad bud qod,

莎列苟青不起头。

Shad lies geud qod bud kit ndoul.

棍得吉候内他穷，

Ghunb del jid heut nex ntat nqid,

他嘎他猫他出苟。

Ntat gheab ntat mangb ntat chud goud.

禾交列弄扛则中，

Od job lies lot gangs zeax nzhub,

几杠长单几嘎剖。

Jet gangs nzhangd dand jid gheud boub.

未榷水牛先不青，先要把青敬起头。
祖师帮助隔血瘟，隔鸡隔猫隔起走。
仇人要咒送绝根，不送回转来到此。

27.

青内青忙不几齐，

Qod hneb qod hmangt bul jid nqib,

呕冬吉报阿冬出。

Oub dongd jid bos ad dongx chud.

他穷列奈苟几最，

Ntat nqid lies hnant geud jid zeix,

列奈绒善龙邦孺。

Lies hnant renx shanb nhangs bangt rud.

阿柔吉堵尼埋你，

Ad roul jid det nis mex nieb,

他拢奈埋吉候捕。

Ntat nend hnant mex jid heut pud.

他鸟他弄他几齐，

Ntat niox ntat lot ntat jid nqib,

加格加怪莎寿久。

Jad gheix jad gueab shad sheub jiul.

日车月车背去完，两堂合在一堂敬。
隔血都要请起来，要请大山大川临。
过去赌咒你到边，今日请来隔灾星。
毒口毒话要隔全，隔那凶兆和怪异。

28.

打便郎内候吉共，

Dad nblab nangd nex heut jid gongb,
打绒浪那候单包。
Dad reix nangd hlat heut dand bot.
灾松格怪求图猛，
Zead seid gheix gueab njout ndut mongl,
不闹康内浪阿乔。
Bul lot kangt nex nangd ad njol.
出约你茶亚汝烔，
Chud yol nieb nceab yal rut jongt,
阿全几斗汉棍草。
Ad janb jet doul hant ghunb cob.
汝苟达尼达油送，
Rut geud dab niex dab yul songt,
林豆林且烔当告。
Liongb dout liongb nqeb jongt dangl god.

天上的日帮背去，天宫的月帮保担。
灾星八难都隔起，背到天涯海角边。
敬了主人坐吉利，一点没有灾星染。
好把水牛送交去，大祖神他很喜欢。

29.
沙酒浪棍照绒闹，
Shab joud nangd ghunb zhos reix lot,
闹照林豆浪标拢。
Lot zhos liongx doub nangd nbloud lol.
闹单吉图吉克叫，
Lot dand jid ndub jid nkhed jos,
干酒干列板白纵。
Ghans joud ghans hlet beat bed zongx.
昂拿没浪酒拿到，
Ngangx nangx mex nangd joud nangx mex,
产各吧汉到几朋。

Canb ngod beat hant dot jid bos.

长求打便苟杜包，

Nzhangd njout dab nblab geud dut bod ，

林豆林且足满松。

Liongx doud liongx nqeb zhul mant seit.

验酒的神下来到，他从林豆的家来。
下到凡间验看了，见酒见饭摆得满。
供肉供酒都备好，千种百样都已全。
回到天上把话报，大祖大神很喜欢。

30.

吉候列乖苟扛叫，

Jid heut lies ghueb geud gangs jos,

吉候列杜苟扛充。

Jid heut lies ndul geud gangs nceab.

加绒吉标乖吉袍，

Jad rongx jib nbloud ghueb jid nbut,

加棍吉竹杜否猛。

Jjad ghunb jid zhux ndul woul mongl.

出蒙出梅克几到，

Chud mongx chud mes nkhed jid dot,

出勇出够加几兵。

Chud yongx chud goud jad jid nbleix.

乖猛竹豆浪阿告，

Ghueb mongl zhul doub nangd ad ghot,

长闹几单嘎剖冬。

Nzhangd lob jid dand gheat boub deib.

帮助要驱送干净，帮帅要隔送清了。
凶鬼家中驱除尽，恶煞家内隔他跑。
要驱凶幻和鬼影，做团做坨吓人倒。
驱往竹豆一边分，永回不到这才好。

31.

吉纵苟翁麻加皮，

Jib zongx goud ongl max jad nbeit，

吉秋够求麻加国。

Jid qeut goud njout max jad nghueb.

蒙龙蒙同告达岁，

Mingl nenx mingl ndong ghos dad seit，

猛青猛炮足崩内。

Mingl qongb mingl pot zhub beil nex.

皮葡冬绒挂半弟，

Nbeit nbut dongs rud ghuat bans deib，

几图吉用然久归。

Jid ndud jid yit ranx jiud gueib.

加皮乖猛闹内追，

Jad nbeit ghueb mongl lot nex zheis，

加细杜猛嘎内得。

Jad xib ndul mongl gheat nex deib.

床头得的不好梦，枕头噩梦幻中得。
大刀大刃倒来重，大铳大号把人吓。
梦垮山岭垮坪恐，飞天飞地失魂魄。
赶去他方隔噩梦，凶幻隔去抛四野。

32.

萨空绒苟乖吉叫，

Canb kongb rongl goud ghueb jid jos，

状虐柔绒杜否久。

Nzhangl niul roul rongx ndul jid jiul.

得状得萨扑吉乔，

Deb zhangb deb sead pud jid njot，

得萨得杜扑几初。

Deb sead deb dut bul jid cud.

是非小话要赶跑，官非口舌害人口。
要驱送它回不到，隔去他处外地头。

33.

乖约再列乖扛半，

Ghueb yol zeab lis ghueb gangs bans，

杜约再烈杜几乙。

Ndul yol zeab lies ndul jid yil.

穷斗吉翁出阿占，

Nqot deul jid ud chud ad zhans，

穷彪柔纵出阿比。

Nqot nblot roul zongx chud ad bix.

提果牛内几中干，

Ndeib ghot nius nenb jex zhent ghans，

牛洞周乔杜几齐。

Nius dongb zhoud njol ndul jid nqib.

驱了还要再驱赶，隔了还要再隔齐。
浓烟滚滚火灾难，火烟登地火灾起。

34.

弄恶报标乖吉由，

Nengb ngol bos nbloud ghueb jid yous，

故虐报竹杜否猛。

Gul niul bos zhux ndul woul mongl.

竹同巴迷寿剖楼，

Zhux ndongl npead mlax sheub boud lol，

竹纵爬穷寿几棍。

Zhux zongx npead nqit sheub jid ghunb.

潮录告台大温求，

Nzot nul ghot ndanb dad weib njout，

告提达笑出几通。

Ghob ndeid dal xot chud jid tongl.

乖闹内冬浪吉够，

Ghueb lot nex deib nhangs jid ghoub.

杜闹内补浪告冬。

Ndul lot nex bul nangd ghob dongs.

恶蛇进家驱出去，怪蛙进门隔它跑。

大门出现那怪蚁，红蚁二门成队了。

糯米跳在竹簸内，小米筛内跳得高。

驱到他方去外地，隔去外地不回脑。　不回脑：方言，指不出现。

35.

借酒几列汉酒肖，

Jeb joud jet lies hant joud xob,

出列几列汉列虐。

Chud liet jet lies hant liet niongl.

呕温列向扳禾笑，

Oub weib liet xangb beat ob xot,

呕笑列昂板出孺。

Oub xot liet ngangs beat chud rux.

乖猛哭内追补包，

Ghueb mongl khud hneb zheit bul bos,

杜闹哭那追绒苦。

Ndul lot khud hlat zhet rud khul.

酿酒不要成酸酒，煮饭不要饭夹生。

两簸饭敬摆筛子，两筛饭供摆筛敬。

驱去日头洞穴口，隔到月洞里面分。

36.

阿谷呕周浪弄力，

Ad gul oub zheud nangd longb lix,

阿谷补公浪斗欺。

Ad gul bub gongb nangd doud qil.

斗欺吉标乖吉提，

Doud qid jib bloud ghueb jid ndeit，

弄力吉竹杜冬水。

Longl lid jib zhux ndul dongd sheit.

喂乖产谷产浪雷，

Wel ghueb canb gul canb nangd leil，

吧谷吧雷杜猛最。

Beat gul beat leil ndul mongl zeix.

吉标查告拿达岁，

Jid bloud ncad ghob nax dad seit，

出斗出岭汝猛齐。

Chud doud chud liot rut mongl nqib.

一十二组恶煞气，一十三路的凶鬼。

恶煞家中尽驱除，凶鬼家内隔冬水。

我驱千回千次去，百十百次隔去齐。

家中平安得清吉，做发做富好到底。

37.

然修列扛碰修虫，

Rad xout lies gangs boub xout nchot，

见得列扛弄得拿。

Jant del lies gangs longb del lal.

补记孺明窝吉龙，

Bub jib rud mlengs ob jid longl，

补乔孺虐窝几达。

Bub njod rud niongl ob jid dal.

补产千缪大中中，

Bub canb qand mloul dead nzhongt nzhongt，

补吧千昂弄杀萨。

Bub beat qand ngangx longb sad sad.

召首你洋得寿炯，

Zhot soub nib yangx deb sheud jongt,

召闹炯洋弄得壤。

Zhot hlot jongb yangl longd ded rad.

藏身要藏得稳固，收体要收得稳当。

三层森林来挡住，三道刺丛来遮挡。

三千鱼叉杀四处，三百猎叉杀四方。

铁仓可装得寿坐，铁围坐下弄得藏。　　得寿、弄得：巴代的称谓。

38.

告讨呕偶绒内菩，

Ghot tob oub ngoul rongx hneb pud,

呕偶绒那闹洽剖。

Oub ngongl rongx hlat lol qad boub.

力为康吾康如汝，

Lil weil kangd ub kangt rut rut,

梁旺康斗要内走。

Liangl wangt kangt doud yot nex zoud.

要盘两条阳龙盖，两条阴龙来护我。

人看不见我堂殿，鬼看不知我堂屋。

39.

阿标林休剖列然，

Ad bloud liox xub boub lies rad,

阿堂内卡拿然久。

Ad ndangl nex kheat boub rad jiul.

尼纵尖尖莎到踏，

Nis zos janl janl sat dot ntat, .

纵在到踏炯相夫。

Jongs goul bul nqongt jid xiangb nkul.

汝尖报标拢出八，

Rut janx bos bloud lol chud blas,

良西白痛弄白土。

Liangl xid bed tongt sat bed lal bed tul.

一家大小都藏去，满堂人众都藏完。
是人完全都吉利，自在吉利得安然。
好财进家来成队，粮食满桶米库满。

40.

中缪追补然修猛，

Zhongx mloux zhet bul rad xout mongl,

巴妙中当猛见得。

Bad mleus nzhongb tangd mongl jant del.

嘎弄架汉麻加棍，

Ghad lot jat hant max jad ghunb,

叫起邦绒面乖乖。

Jot qib bangt renx mians ghued ghued.

哭松哭记然猛冬，

Khud songd khud qib rad mongl dongd,

然修修虫要内克。

Rad xout xout zeix yot nex zead.

耳朵后山藏身去，鼻子风箱去收体。
口齿咬那凶恶鬼，肚皮大坡光面皮。
雷洞风洞藏得细，藏身藏稳大吉利。

41.

阿标林休列周先，

Ad bloud liox xub lies zhot xand,

阿竹共让周先林。

Ad bloud ghot rangt zhot xand liob.

虐内龙锐吉炯碗，

Niongs hneb nongx reib jid jos wanl,

你茶炯汝闹几朋。

Nieb nceab jongt rut lob jid bongd.

得拨得浓毕出连，

Deb npad deb nit bix chud lianx,

吉话几竹同抱拢。

Jid fat jid zhux ndongl beux nhol.

你气斗补斗冬见，

Nieb nqib doud bul doud deib janx,

葡剖葡娘气阿充。

Nbut poub nbut niangx qit ad congt.

一家大小留福多，一门老少留福清。

夏日吃菜共一锅，清吉平安闹热热。

女儿男子养成人，震动家门如鼓声。

寿比土地大岩坐，光宗耀祖坐凡尘。

42.

见恩吉标苟大照，

Janx ngongx jant bloud geud deab zhot,

嘎格吉竹周照拢。

Janx nggeb jid zhux zhol zhot nend.

见拢几苗苟标报，

Janx lol jid mlangx geud bloud bos,

嘎闹吉竹久阿充。

Nghat lol jib zhux jiub ad congt.

见拢拿尼见空到，

Janx lol nax nis janx kongb dot,

嘎拢嘎岭拢白纵。

Nghat lol nghat liot lol bed zongx.

盐嘎盐尖盐长闹，

Yanx nghat yanx janx yanx zhangl lot,

得盐扛嘎嘎盐林。

Deb yanx gangs gead gead yanx liot.

银钱家中用箱装，金钱家内留在此。
钱来拥挤到家堂，财进家门多多有。
钱来也是白财来，财来财富装满楼。
余钱剩财到下方，儿余送孙孙富久。

43.

拢尼忙油腊周扛，

Lod niex mangl yul lal zhol gangs，

龙狗忙爬列周拢。

Lod ghuoud mangl nbeat lies zhol lol.

尼包见如出阿忙，

Niex beul janx rux chul ad mangl，

油包吉竹白中猛。

Yul beut jid zhux bed zhongx mongl.

几没扛锐否拿状，

Jid mex gangs reib woul nax zhangs，

几没扛列否拿林。

Jid mex gangs liet woul nax liox.

首爬拿林狗拿章，

Soud nbeat nax liox ghoud nax zhangl，

汝尖汝嘎岭白冬。

Rut janx rut nghat liot bed deib.

水牯牛群要留上，狗群猪群要留来。
水牛成堆做一帮，黄牛挤卧装满栏。
没喂草料自肥胖，不喂饲养自长全。
养猪也大狗也长，好钱好财富登天。

44.

周先归楼龙归弄，

Zho xand ghunb noux nhangs ghunb nongt，

归录归炸周浪没。

Gueib nul gueib zeat zhot nangd mex.

照猛打豆单汝红，

Zhot mongl dab doub dand rut hent,

明汝忙忙苟茶白。

Mlens rut mangl mangl goud nzat bed.

那乙休长几洋虫，

Hlat yil xoud nzhangd jid yangl nzongx,

照白禾土白禾热。

Zhot bed ob tud bed ob rel.

良西良米岭中中，

Liangl xid liangl mit liot nzhongt nzhongt,

岭约内玛亚单得。

Liot yol ned mat yal dand deb.

留福谷神和米神，糯谷粘谷留得好。

播下土中长茂盛，青绿悠悠长得高。

八月秋收好收成，装满木桶仓库了。

粮食粮米富足剩，母父儿孙都富豪。

45.

公周公节拿周扛，

Gib zhoux gib jel nax zhot gangs,

公苏公然莎拿周。

Gib shud gib reas shad nax zhot.

得公得拔首出忙，

Deb gib deb npad soud chud mangl,

求处出柔袍周周。

Njout chut chud roul nbot nzhoub nzhoub.

报晚油见松出邦，

Bos wanl yul janx sod chud bangt,

呕周呕汝到出抽。

Eud zhoux eud rut dot chud coud.

秋岁秋莎头窝烫，

Qoud seib qoud sad ndoud ob tangb,

见照禾大莎白标。

Jant zhot ob deab sat bed bloud.

蚕丝蚕虫送姑娘，蚕子蚕娘都全留。
蚕虫蚕娘养成帮，上树结茧密密收。
下锅热水抽丝线，绸衣绸布都得有。
得那绫罗与绸缎，收在衣箱满柜头。

46.

苟得公同腊周扛，

Geud deb gib ndongl lax zhot gangs,

周你邦桶出阿柔。

Zhol nieb bangd tongt chud ob roul.

内西猛刚崩窝邦，

Hned xib mongl gangd hongd ob bangt,

见内穷白几良偷。

Janx nex nqongd nbet jid liangl toub.

苟晚拢油容邦强，

Geud wanl lol yux yix bangd njangd,

白矮白纵几洋否。

Bed ngangx bed zongb jid yangx woul.

到久尖空龙几娘，

Dot jiub janx kongb nongx jid niangs,

汝嘎花才尼杜标。

Rut nghat fal nceal nis dud bloud.

蜂蚕蜂糖也都留，留在蜂桶里面装。
白天飞出采糖汁，好似冬天雪花扬。
大锅来熬蜜糖收，大盆大桶满满装。
得多白财吃剩有，好钱发财富家堂。

47.

禾闹没秋列将秋，

Ob hlob mex qeut lies jangt qeut,

禾公没那将几开。

Ob nghongl mex hleat jangt jid keab.

数洞数恩布吉豆，

Sud dongx sud ngongx bud jet doul,

数首数闹布几玩。

Sud soub sud lot bud jit wand.

休猛竹豆否浪秋，

Xoud mongl zhul doub woul nangd qeut,

休闹康内苟猛摆。

Xoud lot kangb ned geud mongl beat.

向剖向娘及研偷，

Xangb poub xangb niangx jid nkand toub,

斗炯号阿足满善。

Doub jongt hob ead zhub mand seit.

脚腿有绳要松解，颈项有索要解开。

金锁银锁要打开，铜锁铁锁开打烂。

收去竹豆的地盘，收到康内的地方。

祖公祖婆很喜欢，坐在那里心意满。

48.

禾公没数吉候布，

Ob nghongd mex sud jid heut bud,

吉久没那他几玩。

Jib joud mex hleat ntad jid wanl.

禾闹禾斗他达务，

Ob hlob ob doul ntad dad us,

禾数禾那他猛见。

Ob sud ob hleat ntad mongl janx.

冬豆你茶到炯汝，

Deid doub nieb nceab dot jongt rut,

产豆吧就炯总在。

Canb doub beat jiut jongt zib zeab.

几冬久萨几没度，

Jid doub jiul sead jid mex dut,

弟然茶他猛阿山。

Deib ranl nzad ntad mongl ad sanb.

颈项有锁帮打开，身中有索开丢弃。
脚腿膀臂都要解，绳索解到一边去。
凡尘清吉又平安，千年百载坐安逸。
凡间再没有灾难，清泰平安大利益。

49.

禾数禾那莎他齐，

Ob sud ob hleat sat ntad nqib,

共让茶高久尖尖。

Ghot rangt ncad god jiul janl janl.

斗炯苟虐快夫你，

Doub jongt goud niongl kueab fud nieb,

阿竹共让足吉研。

Ad zongx ghot rangt nkand jid jongt.

召拢求猛久起亏，

Zhos nengd njout mongl jet qid kueid,

灾松吧奈前前免。

Zead seid bax nanb janl janl miant.

绳索枷锁都解完，老少清吉大平安。
快活快乐坐凡间，一屋老少很喜欢。
从今往后没有难，灾星八难完全免。

50.

闹达列拢候休力，

Lot dal lies lol heut xoud lix,

休状禾求列休否。

Xoud zhangs ob njout lies xoud woul.

加棍吉标列吉记，

Jad ghunb jib bloud lies jit nqib,
加皮吉纵休阿苟。
Jad nbeit jid zongx xoud ad goud.
萨空绒苟扑吉追，
Sead kongb rongl goud pud jid zeid,
休汉弄恶麻报标。
Xoud hant nengb ngongx max bos bloud.
穷斗吉翁出阿几，
Nqot deul jid ongd chud ad jib,
棍忙足吾肖列酒。
Ghunb mangl chud ub xob liet joud.
楼邦够豆列记会，
Loul band goud doub lies jid fet,
嘎苟录格出照柔。
Gheab ghat nus gheix chud zhot roul.
豆跑拿蒙出几尼，
Doul pob las mongs chud jid nis,
录达当公你内够。
Nus das dangl gongb nieb ned goud.
从篓几乙休猛齐，
Nzongl loul jid yil xoud mongl nqib,
纵潮吾猛阿苟休。
Zongx nceut wub mongl ad goud xoud.

下来要把祸煞收，收灾收祸要收完。
鬼魅家中要收走，噩梦枕上要收开。
要收是非和恶口，恶蛇进户收走全。
浓烟火灾不要有，妖鬼作乱酿酒酸。
棺木棺盖收去走，怪鸡怪异在窝边。
禾瘟稻灾收不留，死鸟当道收走完。
烂疮药草收山后，猖鬼伤亡收远远。

51.
　　扑久洽埋当儿娘，

　　Pud jiub nqeat mex dangl jid niangs,

　　扑要亚洽扑儿见。

　　Pud yot yal nqeat pud jid janx.

　　列告内沙浪度将，

　　Lies geud nex sheab nangd dut jangt,

　　扑久扑要列嘎怪。

　　Pud jiub pud yot lies ghad gueb.

　　说多怕你等不下，讲少又怕讲不全。

　　要照人教的原话，讲多讲少要莫怪。

后 记

　　笔者在本家 32 代祖传的丰厚资料的基础上，通过 50 多年来对湖南、贵州、四川、湖北、重庆等五省市及周边各地苗族巴代文化资料挖掘、搜集、整理和译注，最终完成了这套《湘西苗族民间传统文化丛书》。

　　本套丛书共 7 大类 76 本 2500 多万字及 4000 余幅仪式彩图，这在学术界可谓鸿篇巨制。如此成就的取得，除了本宗本祖、本家本人、本师本徒、本亲本眷之人力、财力、物力的投入外，还离不开政界、学术界以及其他社会各界热爱苗族文化的仁人志士的大力支持。首先，要感谢湖南省民族宗教事务委员会、湘西州政府、湘西州人大、湘西州政协、湘西州文化旅游广电局、花垣县委、花垣县民族宗教事务和旅游文化广电新闻出版局、吉首大学历史文化学院、吉首大学音乐舞蹈学院、湖南省社科联等各级领导和有关工作人员的大力支持；其次，要感谢中南大学出版社积极申报国家出版基金，使本套丛书顺利出版；再次，要感谢整套丛书的苗文录入者石国慧、石国福先生以及龙银兰、王小丽、龙春燕、石金津女士；最后，还要感谢苗族文化研究者、爱好者的大力推崇。他们的支持与鼓励，将为苗族巴代文化迈入新时代打下牢固的基础、搭建良好的平台；他们的功绩，将铭刻于苗族文化发展的里程碑，将载入史册。《湘西苗族民间传统文化丛书》会记住他们，苗族文化阵营会记住他们，苗族的文明史会记住他们，苗族的子子孙孙也会永远记住他们。

浩浩宇宙，莽莽苍穹，茫茫大地，悠悠岁月，古往今来，曾有我者，一闪而过，何失何得？我们匆匆忙忙地从苍穹走来，还将促促急急地回到碧落去，当下只不过是到人世间这个驿站小驻一下。人生虽然只是一闪而过，但我们总该为这个驿站做点什么或留点什么，瞬间的灵光，留下这一丝丝印记，那是供人们记忆的，最后还是得从容地走，而且要走得自然、安详、果断和干脆，消失得无影无踪……

编　者

2020 年 11 月

图集

古蓝歌之唱接兵(石金津摄)

古蓝歌之唱接驾(石金津摄)

古蓝歌之唱请法主(石金津摄)

古蓝歌之唱先锋(石金津摄)

苗族古歌线装版图书（周建华摄）

苗族古歌现代版图书（周建华摄）

图书在版编目(CIP)数据

古蓝歌／石寿贵编. —长沙：中南大学出版社，
2020.12

（湘西苗族民间传统文化丛书. 二）

ISBN 978-7-5487-4258-6

Ⅰ.①古… Ⅱ.①石… Ⅲ.①苗族—民歌—作品集—
中国—古代 Ⅳ.①I276.291.6

中国版本图书馆 CIP 数据核字(2020)第 228442 号

古蓝歌
GULANGE

石寿贵　编

□责任编辑	刘　莉
□责任印制	易红卫
□出版发行	中南大学出版社

社址：长沙市麓山南路　　　　邮编：410083

发行科电话：0731-88876770　　传真：0731-88710482

□印　　装　湖南省众鑫印务有限公司

□开　　本　710 mm×1000 mm 1/16　□印张 12　□字数 280 千字　□插页 2

□互联网+图书　二维码内容　音频 2 小时 17 分钟 38 秒

□版　　次　2020 年 12 月第 1 版　□2020 年 12 月第 1 次印刷

□书　　号　ISBN 978-7-5487-4258-6

□定　　价　120.00 元